KB262202

THE TOWER OF BABEL

바벨의 탑

FANTASY FRONTIER SPIRIT

푸른 하늘 장편 소설

바벨의 탑 3

푸른 하늘 장편 소설

초판 1쇄 찍은 날 § 2013년 1월 23일
초판 1쇄 펴낸 날 § 2013년 1월 30일

지은이 § 푸른 하늘
펴낸이 § 서경석

편집부장 § 권태완
편집책임 § 박우진
디자인 § 이혜정

펴낸곳 § 도서출판 청어람
등록번호 § 제1081-1-89호
등록일자 § 1999. 5. 31
어람번호 § 제1-1531호

주소 § 경기도 부천시 원미구 심곡2동 163-2 서경B/D 3F (우) 420-822
전화 § 032-656-4452 팩스 § 032-656-4453
http://www.chungeoram.com
E-mail § chungeorambook@daum.net

ⓒ 푸른 하늘, 2012

ISBN 978-89-251-3152-8 04810
ISBN 978-89-251-3114-6 (세트)

바벨의 탑

THE TOWER OF BABEL

FANTASY FRONTIER SPIRIT

푸른 하늘 장편 소설

3

[또 다른 세상]

CONTENTS

Chapter 01
재능 발견?

청초한 미녀.

김아영을 본 사람들은 모두가 입을 모아 말한다. 마치 숲 속에 홀로 들어와 있는 듯한 느낌이라고.

그녀를 보고 있노라면 자연스럽게 그렇게 생각할 만큼, 김아영에게는 도도한 듯하면서도 고요한 이미지가 있었다.

하지만 진운의 눈에 보인 김아영이라는 배우는 조금 달랐다.

"눈빛이 달라진다."

진운이 받은 대본에는 자신이 등장하는 타이밍이 거의 마지막이었다. 여러 사람이 모여 합창하는 부분이기 때문에 아직은 시간 여유가 넘쳤다.

덕분에 촬영이 시작되는 모습을 편하게 지켜보고 있는데, 그때 김아영이 앞으로 나온 것이다.

자연스레 주연 배우에게 모두의 시선이 쏠렸다. 사람들이 숨 죽여 김아영의 등장에 대해 수군거렸다.

그 수군거림은 그녀의 미모, 분위기에 대한 것이었는데, 진운은 전혀 다른 것에 대해서 놀라고 있었다.

눈빛.

감독이 카메라 스타트라고 외치는 순간 그녀의 눈빛과 분위기가 순식간에 바뀌는 것이다.

―진운이 보기에도 그렇지?

엘프인 레이나도 그 변화를 놓칠 리가 없다.

마치 딴 사람인 듯, 감독의 신호와 함께 김아영은 눈빛과 분위기를 변화시켰다.

예전의 공익광고는 대놓고 불우이웃의 슬픈 모습을 보여주고 도와야 한다는 문구를 전면에 내세웠다.

하지만 요즘은 세월이 흐른 만큼 많이 달라져 있었다.

한 편의 기업 광고처럼 세련되면서도 스토리가 생기면서 사람의 시선을 사로잡는 것이다.

특히나 이번 광고는 뮤직비디오 촬영 등의 경험도 많고, 광고업계에도 인지도가 있는 감독이 직접 연출을 해서 그런지 여러 가지로 감각적인 연출이 사용되었다.

촬영을 시작하자마자 음악이 공연장에 흐르면서 김아영은 천천히 춤을 추기 시작했다.

얼핏 보면 가벼운 몸짓에 불과하지만 카메라에 비친 김아영의 모습은 마치 커다란 공연장에서 홀로 관객과 마주하고 있는 프리마돈나와 같은 이미지가 느껴졌다.

사라락~

작은 손짓이지만 그 손짓 하나에도 진운은 마치 무언가 말하는 듯한 느낌을 받았다.

그리고 고개를 돌려 레이나를 바라본 진운은 레이나도 자신과 같은 느낌을 받았다는 것을 알았다.

사실 진운은 배우라는 직업을 가진 사람들을 다른 직업을 가진 사람들과 별다르지 않다고 생각했다.

김아영도 결국은 똑같은 사람이고, 배우라는 것은 김아영의 직업일 뿐이다.

물론 TV를 통해 공인이 되는 것이 단점이긴 하지만 자신이 싫어하면 절대로 할 수 없는 그런 직업 중에 하나이기도 했다.

하지만 몇 년 동안 완전히 세상과 동떨어져 있던 진운이고, 본래 TV를 잘 보지 않는 진운은 배우라는 직업을 가진 사람들도 어차피 같은 사람이려니 하는 안일한 생각을 하고 있었던 것이다.

하지만 이 순간 그런 생각들은 불과 몇 미터 떨어져 있는 김아영의 몸짓을 보고 틀렸다는 것을 깨닫는 데 그리 오랜 시간이 걸리지 않았다.

카메라 앞에 선 김아영에게 지금 이곳은 공연장이었고, 김아영이 보는 눈앞의 스태프들은 모두 관객이었던 것이다.

거기다 마치 몇 년 동안 춤을 체계적으로 배운 것같이 자연스럽게 추는 모습에 감독마저도 넋을 놓고 쳐다보고 있었으니 말이다.

그녀의 움직임에 지금 이곳이 광고 촬영장이라는 것을 잠깐 잊어버릴 만큼 사람의 시선과 생각을 자신에게 끌어당기는 김아영만의 특이한 매력이 이곳에서 유감없이 발휘되고 있기도 했다.

단시간에 국민 여배우라는 타이틀을 얻게 된 것도 모두 그동안 숨겨져 있던 김아영의 이런 매력이 드러나기 시작했기에 가능한 결과였다.

―흡입력이 대단해.

"……?"

인간이 아닌 하이엘프라서 그런지 이곳에서 유일하게 레이나만 냉정하면서도 객관적으로 김아영의 연기를 지켜보고 있었다.

―저 김아영이라는 사람, 의도하지 않았지만 주변의 모든 사람의 눈길을 자신에게 잡아두고 있어. 물론 진운 너도 말이야.

"훗, 뭐, 그건 맞는 말이야."

진운도 설마 자신이 이렇게 누군가에게 집중하게 될 줄은 몰랐으니 말이다.

하지만 레이나는 그게 다가 아닌 듯했다.

―닮았어.

"무슨 말이야?"

―내가 아는 누군가와 너무나 닮은 분위기야.

"……."

진운은 누군지 물어볼까 하다가 고개를 돌렸다. 레이나의 성격상 무언가 숨길 성격은 아니니 말이다.

하지만 레이나 덕분에 김아영에게서 시선을 뗄 수 있었던 진운은 주변을 둘러보면서 레이나가 했던 말이 어떤 뜻인지 깨달을 수도 있었다.

"아저씨와 누나까지……."

소지훈과 김미영까지 촬영이 시작되자마자 김아영에게서 시선을 떼지 못하고 있는 것이다.

남자들만 그렇게 시선이 집중되었다면 미인에 인지도가

높은 배우라는 것이 어느 정도 작용했다고 생각하겠지만 김미영까지 김아영의 모습에서 눈을 떼지 못하는 것은 확실히 레이나의 말처럼 흡입력이 굉장하다는 말밖에 되지 않았다.

하지만 그런 것보다 진운이 김아영이라는 배우를 다시 보게 된 것은 바로 레이나의 말 때문이었다.

'의도하지 않으면서도 이렇다는 것은 재능이군.'

타고난 재능, 몸짓 하나와 움직임 하나까지 사람의 시선을 자신에게 끌어들이는 것은 아무리 연습한다고 해서 되는 게 아니라는 것쯤은 진운도 알고 있었다.

"컷!!"

모두가 김아영의 모습에 흠뻑 빠져 있는 상황이지만 역시나 감독은 감독인지 정확하게 콘티가 나눠지는 부분에서 컷 사인을 울렸다.

아영의 몸짓이 그제야 멈췄다.

"수고했어, 아영아."

가장 먼저 카메라가 꺼지자 아영의 곁으로 다가온 것은 아영의 코디였다.

30초의 예술이라고 불리는 광고를 사람들은 정말 그 시간만 딱 찍고 끝난다고 생각하는 경우가 많다.

하지만 실제로 광고 한 편을 찍기 위해서는 짧게는 며칠, 심지어 몇 년 동안의 제작 과정이 필요하다.

그렇게 찍어놓고도 감독 마음에, 광고주 마음에 들지 않으면 처음부터 다시 시작하는 일도 비일비재하다.

물론 시간이 오래 걸리는 것에 비례하여 완성도도 올라가게 마련이다. 하지만 그런 광고는 대부분 다큐멘터리 형식이거나 고차원의 생각을 요구하는 촬영인 경우가 많다.

그러나 일반적으로 광고는 아이디어가 90% 이상을 차지할 만큼 특이한 분야이기에, 사람들의 시선을 잡아 끌 수 없다면 오랜 제작 시간이고 뭐고 쓸모없는 것이다.

실제로 사람들의 기억 속에 오래 남아 있거나 한 나라의 국민들이 따라 하는 유행어를 낳는 광고는 유명한 배우나 엄청난 돈을 들인 것이 아니라 오로지 기발한 아이디어로 만든 것이 거의 대부분이었다.

일례로 1990년대에 '따봉' 이라는 유행어는, 우연과 기발한 아이디어로 만든 광고 하나가 얼마나 엄청난 파급효과를 가지고 있는지 잘 알려주었다.

아직까지도 그 따봉이라는 유행어를 남긴 광고를 넘어서는 것을 찾아보기 힘들 만큼 대한민국 광고사에 길이 남을 대히트를 쳤던 것이다.

물론 여기서 그 누구도 예상치 못한 반전이 있기도 했다.

광고는 대한민국의 광고계에 길이 남을 기록을 남겼지만, 아이러니하게도 실제 광고를 했던 제품은 판매가 그리 좋지 않은 편이었다.

그래서 세상에서 제일 슬픈 광고라는 별명이 따라붙기도 했는데.

광고란 대표적으로 제품이나 기업 등을 알리기 위해서 만드는 것인데, 슬프게도 광고는 히트를 쳤음에도 기업은 이렇다 할 이득은 얻지 못한 것이다.

그리고 더 웃긴 것은 광고를 했던 기업에서 광고가 대히트를 하자 발 빠르게 따봉이라는 타이틀로 주스와 여러 가지 아이스크림까지 만들어서 대처했지만 특허청에서 기업에 날벼락을 떨어뜨렸다.

한국의 상표법에는 상품의 성질을 직접적으로 표기하는 상표는 등록할 수 없게 되어 있다.

간단하게 예를 들어 보면, 최고나 정상이라는 뜻을 가진 단어는 상표 등록이 불가능했다. 물론 잘 알려지지 않은 외국어의 경우 상표로 등록이 가능하기는 했다.

하지만 따봉이라는 브라질(포르투갈)어는 '매우 좋다'는 뜻을 당시 대한민국에서 유치원생도 알 만큼 유명한 말이었기 때문에 상표 등록 자체가 불가능하게 되어버린 것이다.

아이러니하게도 자신들이 만들어 공전의 히트를 기록한 광고 때문에 그 기업은 눈앞의 대박을 보고도 눈물을 삼켜야 했다.

　그리고 그 당시 매출이 오히려 떨어졌다는 기록이 남아 있기도 했다.

　아무튼 광고는 어떻게 만드느냐에 따라 엄청난 파급효과를 가지고 있다는 말이다.

　그것 하나만 봐도 광고가 현대 사회의 모든 기술력과 아이디어의 집합체라고 해도 틀린 말은 아니다.

　배우 생활을 하고 있고 엄청난 유명세로 이미 CF도 여러 편 찍어본 경험이 있는 아영이 이런 광고의 특성을 모를 리가 없었다.

　아니, 오히려 광고만이 가지는 짧은 시간에 모든 것을 보여 줘야 된다는 부담감 때문에 더욱 집중해서 연기를 해야만 했다.

　그리고 그런 아영의 집중력과 재능이 폭발적으로 드러나는 것이 바로 광고 촬영이었다.

　일반적으로 보면 크게 활동은 하지 않지만 광고만 1년에 몇 편씩 찍는 유명한 사람들이 있는데, 그들도 김아영처럼 광고를 그저 부수입이나 자신의 유명세로 생각하지 않고 하나의 작품으로 여겨 자신의 혼을 담기에 가능한 것이다.

　아무리 일반인이라도 해도 그동안 보아온 광고의 품질이 있으니 혼을 담은 광고와 그렇지 못한 광고쯤은 구분할 줄 알았다.

반짝 스타가 찍은 광고는 일반적으로 쉽게 잊히는 반면, 반대로 혼을 담은 광고는 몇 년이 지나도 사람들의 기억 속에 남는 것도 그런 이유에서였다.

물론 아영의 혼만 담는다고 공익광고가 히트를 치지는 않겠지만 말이다.

"언니, 다음 콘티는?"

자신의 자리로 돌아온 아영은 즉시 다음에 연기해야 할 자신의 콘티를 보면서 어떻게 표현을 해야 할지 고민하기 시작했다.

하지만 코디는 그런 아영의 모습을 보더니,

"뭘 그렇게 열심히 해?"

한마디로 보는 사람도 얼마 없고 해봐야 땡전 한 푼 생기지 않는 이런 것에 왜 그리 열심히 하느냐는 말이다.

하지만 그런 코디의 심통 난 말에도 아영은 웃으면서,

"언니도 말했잖아. 프로라고. 언니는 나를 꾸며주고 뒤를 받쳐 주는 것이 프로의 일이라면, 난 연기를 하는 게 내 나름 프로로서의 일이야. 그렇지 않아?"

"요것이 내가 전에 했던 말로 입을 다물게 만드는 것 봐. 아무튼 누가 김아영을 뜯어말리겠어."

이번 공익광고 출연 자체가 100% 아영이 고집을 피워서 했으니, 코디의 작은 심술은 이미 예상하고 있던 아영이다.

간단하게 말로써 코디를 꼼짝 못하게 만든 아영은 다시 대본을 보기 시작했다.

다음 신 준비를 위해 다시 촬영장이 분주해졌다. 자신이 연기해야 할 부분을 살피던 아영은 분주한 소리에 잠깐 고개를 들었다.

그때 촬영장 한 켠에, 좀 전에 아영이 서 있던 자리에 누군가 서 있는 모습이 보였다.

조금 전 밴에서 봤던 남자, 진운이었다.

감독이 진운의 앞에서 뭔가 여러 가지 지시를 하는 듯했다.

"정진운 씨, 이곳은 당신에게도 특별한 의미가 있는 곳이라고 들었으니까 아시죠? 뭔가 그리운 듯하면서도 아련한 감정을 표현해 주세요."

감독은 이미 진운이 이곳 출신의 고아라는 말을 들었기에 이렇게 주문했다.

감독으로서는 당연한 주문이지만 정작 당사자인 진운에게는 그렇지 못하다는 게 문제였다.

고아원이라는 곳은 진운에게 어릴 때 아버지를 따라 몇 번 다녀본 것이 전부다.

특히나 진운의 아버지는 자신이 고아원에서 자랐기에 진운을 그 누구 못지않게 키우고 싶었다.

그 욕심으로, 다른 일반 가정보다 더욱 정성을 쏟은 탓에 지금 감독이 요구한 것이 도대체 어떤 감정인지 느낌이 오지 않았다.

'쩝, 이거 은근히 복잡하게 되어버렸네.'

원래 진운은 지나가는 행인 정도의 역할이었다. 하지만 진운이 신분을 빌려서 사용하고 있다는 것을 알 리 없는 감독이 외모가 맘에 든다는 이유로 역할을 즉석에서 바꿔 버린 것이다.

거기다 진운의 몸에서 풍기는 뭔지 모를 아우라를 느낀 것인지 대본에도 없는 남자 조연 격으로 연출 자체를 바꿨기에 지금 진운은 제법 난감한 상황이었다.

물론 레이나도 마음에 들어 한 감독은 레이나에게도 대사를 주려고 했지만 눈치가 빠른 레이나는 감독의 말을 못 알아듣는 척하면서 교묘하게 빠져나가 버렸다.

결국 진운만 별다른 핑계가 없기에 끌려 나와 방금 전 아영이 연기했던 푸른색의 스크린 앞에 서 있었다.

"자, 연기 경험이 없다는 말은 들었으니까요 천천히 감정을 잡으면서, 아시죠? 그냥 편하게 하세요, 편하게."

감독의 편하게 하라는 말에도 진운은 살짝 미간을 찡그리더니 한숨을 쉬고는 주변을 둘러보는데,

'도대체 이런 상황에 어떻게 편하게 하라는 건지, 나 참.'

촬영 스태프만 무려 20명이다. 거기다 김아영이 제법 유명

한지 기자로 보이는 사람도 몇몇이 간간이 보였다.

하지만 가장 진운을 곤란하게 하는 것은 바로 이곳의 모든 사람의 시선이 진운에게 집중되어 있다는 것이다.

사실 그냥 엑스트라로 알고 왔다가 감독 맘대로 바꿔 버린 대본 때문에 한순간에 조연급으로 바뀌었으니 진운은 억울할 만도 하지만 소지훈과 김미영을 보면 무작정 싫다고 고집을 피울 수도 없었다.

거기다 이곳이 현재 진운이 신분을 바꿔 쓰고 있는 녀석이 자란 고아원이라는 것도 진운이 마음대로 행동할 수 없게 하는 하나의 족쇄로 작용하자 결국 잠시 심호흡을 하던 진운은 어떻게 해야 이 상황을 넘어갈 수 있을지 고민해야만 했다.

'아, 피할 수 없으면 즐기라는 말이 진짜 피부에 와 닿는 순간이네.'

군대를 갔든 아니든 방금 진운의 머릿속에 떠오른 말은 웬만한 대한민국 남성이면 다 알고 있는 말이다.

지금 진운에게는 이 순간 가장 피부에 와 닿는 말이 그 말이었고, 아이러니하게도 가장 먼저 생각난 말도 그 말이었다.

잠시 딴생각을 하면서 시선을 돌리던 진운은 감독과 눈이 딱 마주쳤고, 무언가 기대하는 듯한 감독의 눈빛을 읽을 수가 있었다.

'지금은 오히려 마스터의 경지에 올라선 게 조금은 후회되
네.'

마스터는 마나를 다루는 것뿐만이 아니라 인간이 가지고
있는 오감을 넘어 육감까지 날카롭게 단련되어 있는 경지다.

물론 급조한데다 드래곤을 죽인다는 목표 때문에 공격
적인 성향이 강한, 어떻게 보면 약간 불균형한 마스터이긴
하지만, 마나를 다루기에 눈빛이나 몸짓으로 상대의 의중
을 파악하거나 진실과 거짓 정도는 충분히 느낄 수 있었
다.

그리고 지금 감독의 눈빛에서 왠지 자신에게 이상한 기대
를 하고 있다는 것을 고스란히 느낄 수가 있었다.

물론 진운은 생전 처음 카메라 앞에 혼자 서 있다는 부담감
과 전혀 겪어보지 못한 상황에 약간 당황하고 있었다.

하지만 이렇게 진운을 만든 감독은 오히려 더욱 눈빛이 빛
나고 있었다.

진운 딴에는 주변의 시선 때문에 둘러본 것을 감독은 반대
로 마치 노련한 배우들이 자신을 향한 시선을 즐기려는 듯한
행동으로 보인 것이다.

본래 생전 처음 접한 상황에 맞닥뜨리면 주변을 살펴본다
는 것은 어림도 없거니와 당황하거나 안절부절못하는 보통의
반응과 달리, 진운은 주변을 살펴보면서 무언가 생각하는 모

습까지 보이자 자신의 느낌이 맞았다는 확신을 하기 시작한 감독이다.

물론 이것은 모두 감독의 오해였지만 말이다.

'저놈 봐라? 의외로 담담하네?'

지금까지 CF는 기본이고 뮤직비디오부터 여러 가지 드라마를 촬영하면서 수많은 사람을 봐온 감독이다.

이 바닥에서 굴러온 세월만 해도 벌써 30년, 수많은 연출 경력이 있는 감독은 처음 진운을 보자마자 단번에 느낌이 온 것이다.

'저놈, 물건이다!'

감독마다 사람을 판단하는 기준이 다르긴 하지만 지금 진운을 눈앞에 두고 있는 감독처럼 자신의 첫 느낌을 기준으로 해서 인재를 발굴하거나 사람을 찾아내는 능력을 가진 이들이 의외로 제법 많은 편이었다.

사실 감독이 진운을 보고 이런 느낌을 받은 것은 바로 진운이 가지고 있는 마나에서 뿜어져 나오는 향기 때문이었다.

마나란 가장 순수하면서도 생명에 가까운 기운이기에 지금 감독처럼 자신의 느낌이나 감각으로 인재를 찾아내는 사람들에게는 너무나 강렬한 느낌을 주는 게 당연했으니 말이다.

일반적으로 마나의 향기를 조금이라도 주변에 뿌리는 종

류의 사람들은 태어날 때부터 무언가 재능을 가지고 있는 경우가 대부분이다.

이는 그만큼 강한 생명력과 함께 적은 마나지만 그걸 이용해서 자신의 재능을 꽃피우는 운명을 타고났다는 것이다.

그렇게 적은 마나의 향기조차도 느낌만으로 잡아내는 감독인데, 하물며 마스터에 올라 마나를 마음대로 다루고 인간을 초월한 초인의 육체까지 가진 진운이 뿜어내는 마나의 향기는 얼마나 진하겠는가?

그래서 감독은 자신의 느낌만 믿고 현재 광고의 모든 대본을 급하게 뜯어 고쳐 버린 것이다.

어차피 이번 공익광고가 아주 어려운 스토리를 가지고 있는 것도 아니고, 시퀀스 구조 설립 단계부터 모든 작업을 감독이 했으니 대본을 약간 수정하는 것은 사실 일도 아니었다.

"후웁."

수십 명의 사람이 자신만을 바라보는 상황에 진운은 결국 호흡법을 천천히 사용하면서 마나를 끌어와 자신의 심신을 강제로 안정시켰다.

그리고 천천히 마나를 움직이기 시작했다.

호흡법을 사용한 것은 자신의 몸을 평소처럼 안정시키기 위해서이기도 하지만, 감독의 말처럼 상황을 바라보는 시선을 어느 정도 릴랙스하게 하기 위한 방법이기도 했다.

“……!”

그런데 이런 진운의 호흡법이 또 다른 상황을 불러왔는데,

“뭐지, 이 기분은?”

“그러게. 저 사람을 보고 있으면 왠지 친근하면서도 이상하게 끌리네.”

진운조차도 의도하지 않았고 전혀 예상치도 못한 결과가 나타난 것이다.

호흡법을 시작하면서 온몸에 마나를 활성화시킨 진운의 몸에서 마나의 향기가 퍼져 나왔다.

그 향기는 주변의 스태프들을 비롯해 이곳에 있는 사람 전원에게 호감을 불러일으켰다.

물론 진운은 그런 것을 전혀 느끼지 못할 만큼 자신의 생각에 집중하고 있었고 말이다.

진한 마나의 향기를 뿌리는 진운의 모습에 이곳에 있는 거의 모든 사람이 진운에게 호감을 가져 버렸다.

이건 이성적이기보다는 본능적인 것이라 이곳에 있는 사람들도 자신들이 왜 진운에게 갑자기 호감을 가지게 된 건지 전혀 모르고 있었다.

마나는 생명의 기운이다.

그리고 마나를 다루는 진운은 그런 생명의 기운이 강할 수밖에 없다.

강한 마나의 기운이 향기로 퍼지면서 강한 존재를 따르는 본능이 깨어난 것이다.

인간도 동물이다. 강한 사람에게 끌리는 것은 당연했다.

눈으로 그 강함을 확인하고 이성적인 판단에 의해 끌리는 것이 아니다.

진운의 몸에서 풍기는 마나의 향기가 문명의 혜택으로 거의 소멸하다시피 한 인간의 본능을 깨울 만큼 대단했고, 한번 깨어난 본능은 그 무엇으로도 막을 수가 없었다.

일반적으로 그렇게 예쁘지도 않고 그렇다고 몸매가 감탄할 만큼 멋지지도 않지만 이상하게 사람들의 마음을 사로잡는 사람들이 있는데, 그런 사람들이 바로 지금 진운과 같은 경우라고 할 수 있었다.

마나의 향기도 하나의 매력이라고 한다면 할 수 있지만, 생명의 기운인 마나의 향기는 그 유혹이 너무나도 강렬하다는 게 문제였다.

생명을 가지고 있는 존재라면 마나의 향기가 뿜어내는 유혹을 이겨낸다는 것은 애초에 불가능할 테니 말이다.

어쩌다 보니 진운은 마나의 향기를 마구 뿜어내는 매력을 지금 이곳 광고 촬영 현장에 퍼뜨리고 있었다.

물론 이런 것을 진운은 전혀 모르고 있었고, 눈을 감고 감독이 말한 뭔가 애틋하면서도 그리운 느낌이 뭔지 찾아내려고 자신의 생각에만 집중해 있는 중이다.

그러다가 진운의 머릿속에 스치듯 떠오른 것은 바로 아버지의 죽음을 처음 알았을 때의 느낌이 떠올랐다.

그리고 천천히 눈이 아래로 향하면서 슬픈 표정이 진운의 얼굴에 퍼지기 시작했다.

말없이 표정이 변했을 뿐이었다.

그런데 갑자기 진운의 몸에서 뿜어져 나오던 마나의 향기가 변해 버렸다.

조금 전까지 사람들이 느낀 마나의 향기는 편안하면서도 무언가 안정을 준다면, 표정이 변한 진운의 몸에서 퍼져 나오는 마나의 향기는 가만히 있어도 온몸이 시린 듯 웅크리게 되는 그런 느낌이 퍼지면서 주변을 휘감기 시작했다.

마나는 생명의 기운을 담고 있는 만큼 사용하는 사람의 감정에도 민감하게 반응할 수밖에 없다.

그러한 상황에 진운이 태어나서 가장 슬펐던 때를 생각하자 자연스럽게 마나의 향기도 변해 버린 것이다.

"뭐지?"

진운의 표정이 변하자 덩달아 바뀐 분위기에 다들 뭔가 이상하다는 것을 느꼈다.

일반 사람들이 그렇게 느낄 정도인데 감독은 오죽하겠는가?

'저 녀석, 도대체 뭐야?'

진운의 표정과 바뀐 분위기 하나에 촬영장이 술렁거리자 감독은 황당했다.

도대체 어떤 것을 보여주려고 이 정도로 분위기를 잡는지 짐작조차 하지 못할 정도였으니 말이다.

한순간에 촬영장의 분위기를 자기 마음대로 좌지우지하면서 진운이 드디어 고개를 들어 움직이기 시작했다.

가벼운 손놀림.

사라락.

걸으면서 한 걸음 내딛는 발걸음은 촬영 스태프조차도 숨을 죽이게 만들었다.

블루 스크린을 뒤에 둔 진운이 대본대로 연기를 시작했다. 오랜만에 고아원을 찾아와 자신의 어린 시절을 생각하면서 슬픈 듯 아련한 감정을 표정으로 드러내야 했다.

사실 이런 감정을 표현하는 것은 웬만한 베테랑 연기자도 힘들다.

물론 이런 고난이도의 연기를 진운에게 주문한 감독의 생각 자체가 잘못되었다고 할 수도 있지만 느낌으로 인재를 발굴하는 감독은 최대한 어렵고 힘든 연기를 주문해야만 했다.

그래야 자신의 느낌이 어느 정도 정확하게 맞는지 판단할 수 있기 때문이다.

한마디로 감독의 욕심 때문에 진운은 뜻하지 않게 연기할 때 힘들기로 손꼽히는 표정 연기를 하게 된 것이다.

그것도 너무나 완벽하게 말이다.

사라락.

불과 10초 정도의 연기였지만 그동안 숨 쉬는 것조차 잊어버린 스태프들은 모두 진운에게서 시선을 떼지 못했다.

"……?"

한편 대본에 있는 콘티대로 연기를 마친 진운은 표정을 풀고 호흡법을 멈추면서 감독을 바라보았는데 기다리던 신호가 오지 않았다.

'내가 뭐 잘못했나?'

당연히 촬영 구간마다 따로 촬영해서 편집하는 특성상 '컷!' 이라는 신호가 나와야 했다.

김아영도 자신의 대본을 마치고 컷 사인을 받고 나서야 무대를 내려갔기에 진운은 당연히 잘하든 못하든 감독의 입에서 컷이라는 말이 나올 줄 알았다.

그런데 멍하니 자신만 쳐다보고 있는 수많은 스태프를 보고는 고개를 갸웃거리자 뒤늦게,

"커, 커, 컷!!"

서둘러 감독의 컷 사인이 나왔다.

조금 늦긴 했지만 그제야 기다리던 컷이라는 감독의 외침

에 진운은 촬영장을 벗어나 다시 소지훈과 김미영이 있는 곳
으로 갔다.

그런데 진운은 자신을 멍하니 쳐다보고 있는 소지훈과 김
미영을 보고는,

"왜 그래요?"

"……."

마치 한밤중에 귀신이라도 본 것처럼 멍하니 진운만 바라
보는 두 사람의 시선이 부담스러울 수밖에 없는 진운은 일부
러 다가가서 소지훈과 김미영의 어깨를 잡고 흔들었다.

"진운아."

김미영의 멍했던 눈동자가 풀리며 곧바로 진운을 무섭게
노려보면서,

"너 혹시 어디서 연기 수업 받았니?"

"아니요."

뜬금없는 김미영의 말에 진운이 고개를 저었다. 그리고는
피식 웃으면서,

"연기 수업은 무슨, 저 오늘 처음이에요. 그냥 생각난 대로
한 것뿐인데 왜 그래요?"

"너무 잘하니까 그렇지."

김미영도 눈이 있으니 연기를 잘하는지 못하는지 정도는
알 수 있었다.

특히나 블루 스크린을 뒤에 두고 연기하는 것은 없는 것을 있는 것처럼 몸놀림 하나도 정확하게 움직여야 하는 고난이도 연기였다.

당연히 방금 진운이 블루 스크린을 뒤에 두고 했던 마임(대사 없이 무언의 연기로 사물을 표현하거나 자신의 상황을 인지시키는 기술) 연기를 이렇게 멋지게 해낼 줄은 김미영도 전혀 예상치 못했기에 놀라는 것이다.

영화나 연극을 좋아하고 자주 본 김미영의 눈에도 진운의 연기는 마치 그곳의 낡은 탁자와 의자를 쓰다듬으면서 과거를 생각하는 모습 그 자체였다.

"어쩌다 그렇게 된 거겠죠."

진운은 자신이 어떻게 연기를 했는지 전혀 모르고 있었다.

보통 연기자들은 촬영 후 모니터를 통해 자신의 연기를 확인하게 마련이다.

하지만 연기자가 아닌 진운은 그런 과정을 몰라 그냥 연기가 끝나고 곧장 내려와 버린 것이다.

김아영의 경우, 이미 CF를 많이 찍어본 경험이 있기도 했지만 감독이 따로 말이 없으면 감독의 눈을 믿고 자신의 연기를 되돌아보는 행동을 하지 않는 편이다.

이렇다 보니 진운은 연기하고 내려가 버린 김아영의 모습을 보고 그대로 따라 한 것이다.

이런 상황을 알 리 없는 김미영은 태평한 진운의 표정을 보고 '우연인가?' 라고 생각할 정도였다.

사실 연기에 우연이란 것은 있을 수 없었다. 오직 재능만 있을 뿐이다.

김미영이나 소지훈이 연기에 대해서 아는 것이 없으니 그냥 그러려니 하고 넘어가게 되었다.

하지만 그것도 광고 촬영을 끝내고 나서는 도저히 운이라고 생각하기에는 무리가 있는 상황이 되어버렸다.

어떻게 된 것이 분명히 카메라 앞에 서는 것도 태어나 처음이라는 진운의 연기가 너무나 자연스러웠다.

한 번 촬영한 신은 두 번 연달아 찍는 법도 있었다.

그 말은 NG가 아예 없었다는 말이다.

오죽하면 감독이 촬영을 마치고 진운에게 와서 자신의 명함을 내밀더니 혹시 생각 있으면 찾아오라고 했겠는가?

당연히 그런 감독의 모습에 소지훈과 김미영은 멍한 눈으로 진운을 쳐다볼 뿐이다.

"왜 그래요? 나 정말 처음이에요."

진운이 연기가 처음이라고 해명하면 할수록 오히려 믿음이 생기지 않는 묘한 상황이 되었다.

그리고 이런 상황에 쐐기를 박는 것이 있었으니,

"진운 씨라고 불러도 되죠?"

“네? 아, 네.”

생전 처음 보는 김아영이 먼저 진운에게 다가와 인사하고 간 것이다.

웬만하면 정상에 올라 있는 배우가 연기가 처음인 진운에게 다가올 이유가 없다는 것은 소지훈과 김미영도 아는 상식이다.

“흐음.”

“누나, 왜 그런 눈으로 자꾸 봐요?”

“내가 안 그러게 생겼니? 국민 여배우라는 김아영이 먼저 와서 인사를 할 정도로 네 연기가 대단했다는 거잖아. 안 그래?”

여자인 김미영은 김아영이 진운을 쳐다볼 때의 눈빛에서 호의를 읽어냈다. 같은 여자이기에 더 민감하게 느꼈다.

하지만 진운은 답답한지 한숨을 내쉬면서,

“아, 정말 아니라니까요.”

순간 진운 자신도 혹시 자신이 그런 재능이 있는가 하고 생각해 봤지만, 딱히 그런 것 같진 않았다.

어릴 때 장기 자랑에서조차 흉내 내는 것이 어설프다고 아버지에게 핀잔을 들은 적이 많았으니 절대로 자신에게 연기에 대한 재능이 있을 리가 없었다.

그런데 그렇게 생각하기에는 지금의 이 상황이 말이 되지 않았고, 또한 사실이었기에 현재 가장 생각이 복잡한 것은 바로 진운 자신이었다.

"뭐… 네가 그렇다면 그런 거겠지."

진운이 끝까지 아니라고 하자 김미영도 의심을 눈초리를 완전히 거두지는 않았지만 지금까지 자신이 보아온 진운의 성격을 보면 거짓말을 하는 것 같아 보이진 않았다.

거기다 지금 진운의 상황을 알고 있는 김미영이 봐도 진운이 굳이 일부러 이렇게 튀는 행동을 할 리도 없었고 말이다.

처음에 죽어도 하기 싫다는 진운을 강제로 끌고 온 것이 김미영 본인이었으니 말이다.

아무튼 진운과 김미영이 이렇게 아옹다옹하면서 입씨름을 하고 있는 사이 스태프들이 순식간에 모든 촬영 장비를 작은 트럭 몇 대에 싣는 기적과 같은 솜씨를 발휘하고는 한 시간 만에 떠나 버렸다.

본래 진운은 촬영이 끝나면 바로 떠날 생각이었지만 김미영의 의심을 풀다 보니 살짝 빠져나가는 타이밍을 놓쳐 버렸는데, 그 타이밍을 놓치고 나자 스태프들의 움직임 때문에 어쩔 수 없이 마지막까지 고아원에 남게 되었다.

"우리도 가야지?"

조금 전까지 수십 명의 사람과 수십 가지의 촬영 장비가 고아원 앞의 공터를 가득 채웠던 것이 거짓말처럼 조용해지면서 본래의 조용한 고아원의 모습으로 돌아왔다.

"누나, 전 잠시 이곳 좀 둘러보고 갈게요."

"응, 그럴래?"

"네. 이곳이 어떤 곳인지 조금은 알고 싶어서요."

"그래, 원한다면 그러렴. 그럼 내 차를 두고 갈게."

김미영은 자신의 차키를 진운에게 넘겨주고서는 소지훈과 함께 가버렸다.

마지막으로 소지훈과 김미영까지 떠나자 고아원은 정말 사람이 살고 있지 않는 듯 조용해졌다.

Chapter
02
여
자
아
이

저벅저벅.

진운은 몇 걸음 걸어서 낡은 타이어를 땅에 박아 만든 놀이 기구 쪽으로 다가가 손으로 만져 봤다.

거친 느낌이지만 이상하게 진운은 그 촉감이 싫지가 않았 다.

"사람이 없는 건가?"

촬영팀으로 인해 고아원 앞이 매우 부산스러웠을 때는 깨 닫지 못했다, 고아원에서 어린애는커녕 그 누구도 나오지 않 는다는 것을.

　그런 생각이 든 진운이 고아원 쪽과 주변을 살펴봤지만 역시나 사람의 기척은 느껴지지 않았다.

　진운은 스스로가 원하지 않아도 본능적으로 감각이 민감하게 반응했다.

　모르는 사람들은 진운이 드래곤을 죽일 만큼 강하다는 것에 부러워할지도 모르지만 현재 진운은 스스로도 모르는 치명적인 단점이 있었다.

　너무나 공격에 치중된 능력이 바로 그것이다.

　기본적으로 마스터에 오르면 마나를 마음대로 움직여 외부로 마나가 드러나거나 마나의 향기가 주변에 영향을 끼치는 경우가 없다.

　왜냐하면 스스로를 계속 관조하면서 천천히 마나가 어떤 존재이고 자신이 어떻게 마나를 움직여야 하는지 깨닫는 시간이 오래 걸리는 만큼 숙련되기 때문이다.

　그런데 진운은 그런 과정을 모조리 생략하고 오로지 강해지는 수련만 해왔다.

　때문에 조금 전 광고 촬영 중에도 마나를 움직이자 마나의 향기가 주변으로 퍼지면서 뜻하지 않게 사람의 마음을 움직이는 영향을 끼치게 된 것이다.

　레이나가 살던 곳에서 이런 일이 벌어졌다면 마법이나 마나를 다루는 기사의 대처로 빠른 수습이 가능하지만, 이곳은 지구다.

마법은커녕 마나조차도 생소한 곳이기에 완전 무방비로 사람들이 진운의 마나에 홀려 버린 것이다.

물론 레이나가 진운의 행동에 제재를 가할 수도 있었지만, 레이나의 논리적인 성격상 그럴 이유가 없었다.

해를 끼치는 것도 아니고 마나의 향기가 주변으로 조금 퍼지는 정도는 어차피 전혀 상관없다고 생각했으니 말이다.

거기다 레이나는 굳이 지금 진운이 가지고 있는 약점을 이야기해 주지도 않았다.

현재 상태만으로도 진운을 상대할 수 있는 인간이 과연 있을까 하고 질문해 온다면 레이나는 단 한 마디로 일축해 버릴 것이다.

순수하게 무력만 따지면 지금 진운은 레이나를 뛰어넘은 상태였으니 말이다.

아무튼 무지에서 비롯된 진운의 반쪽짜리 능력이 뜻하지 않게 오해를 불러일으키고 있는 중이었다.

"막연히 그리운 느낌이… 이런 건가?"

진운이 타이어 위에 앉아서 낡은 고아원 건물을 지그시 바라보면서 한마디 하자 레이나도 진운의 옆에 앉았다.

—따뜻하다는 느낌이 강해. 그만큼 이곳은 좋은 곳이라는 뜻이겠지.

“그렇지. 뭐, 고아원이라고 해서 다 돈에만 미친놈들이 운영하는 곳만 있는 것은 아니니까 말이야. 하지만 왠지 아쉽다.”

분명 진운은 자신과 전혀 연관이 없는 고아원을 바라보고 있음에도 불구하고 이상하게 이곳이 이제 사라진다는 것이 아쉽게 느껴졌다.

물론 어째서 자신이 이런 생각이 드는지 모르지만 이대로 없어진다면 슬플 것 같았다.

―동정이야?

레이나가 진운의 말에 한마디 하자,

“뭐, 그럴지도 모르지. 하지만 지훈 아저씨도… 아버지도 고아원에서 나고 자랐잖아. 어쩌면 그런 것이 나에게도 이어졌는지 모르지.”

진운은 고아원에서 자라지 않았다.

오히려 유복하게 자란 편이라고 할 수 있지만, 현재 핏줄이라고 할 수 있는 사람이 하나도 없는 자신과 그런 아이들을 모아서 보살펴 주는 고아원이라는 곳이 완전히 동떨어진 사이라고 말하기에는 조금 애매했다.

물론 진운이 현재 고아가 되어버렸기에 그런 기분을 느끼는 것일지도 몰랐다.

“가자.”

　진운은 한동안 멍하니 고아원을 바라보다가 일어섰다.

　제법 시간도 지난 상황이고 무엇보다 이곳은 외곽에서도 산 중턱에 위치해 있기에 해가 빨리 져서인지 벌써 땅거미가 모습을 드러내고 있었다.

　진운도 그만 생각에서 벗어나 이곳을 벗어나려고 했다.

　누군가 이곳에 살고 있다면 현재 자신이 빌린 신분의 어린 시절에 관해 물어보기라도 하겠지만 딱 봐도 사람이 모두 떠나 버린 빈 건물을 언제까지 쳐다보고 있을 필요는 없었다.

　─진운.

　"응?"

　진운이 일어나 차로 다가가는데 레이나가 갑자기 진운의 팔을 잡더니 강하게 끌어당겼다.

　"왜 그래?"

　─저기…….

　갑작스런 레이나의 행동에 진운이 고개를 돌리자,

　"어린애?"

　분명히 방금 전까지 타이어 위에 앉아서 쳐다볼 때는 그 어떤 기척도 느끼지 못했다.

　그런데 지금 레이나의 말에 고개를 돌려보니 고아원 건물 입구 쪽에 어린애, 아니, 정확하게는 단발머리에 이제 일고여덟 살 정도 되어 보이는 여자애가 서 있는 것이 아닌가?

“모두 떠난 게 아니었나?”

진운은 좀 전에 자신이 기척을 살폈을 때 없었던 소녀가 나타났다는 것을 전혀 의심하지 않았다. 그저 다시 주변을 살피면서 내가 잘못 봤나 보다 하고 여길 뿐이었다.

—…….

어린애가 갑자기 모습을 드러낸 것이 별로 대수롭지 않은 진운과 달리 레이나는 소녀를 바라보며 표정이 굳어 있었다.

“왜 그래?”

—…….

진운의 물음에도 오직 소녀만 바라보고 있는 레이나의 행동에 잠시 생각하던 진운은 걸음을 옮겨 소녀를 향해 다가갔다.

고아원 공터가 그리 큰 것이 아니기에 몇 걸음 걷지 않았지만 진운은 소녀의 앞에 설 수 있었다.

“음… 안녕?”

막상 다가오긴 했지만 뭐라고 해야 할지 판단이 서지 않아 진운은 손을 들어 살짝 흔들면서 인사했다.

“……”

하지만 고개를 들어 조용히 진운을 바라보기만 하는 소녀다.

“이름이 뭐니?”

“…….”

“몇 살이니? 혹시 어른은 없니?”

“…….”

그래도 진운 딴에는 부드럽게 물어봤지만 끝까지 대답하지 않는 모습에 어떻게 해야 할지 궁리하던 진운은 순간 아차 했다.

‘이런, 실수했다.’

소녀와 진운의 키 차이가 무려 두 배 이상 났다.

당연히 진운을 보기 위해 소녀는 고개를 거의 꺾다시피 해서 올려다봐야 하는 것이다.

어릴 때 아버지에게 사람을 상대할 때는 그 사람과 눈높이를 맞추는 것이 무엇보다 중요하다고 지겹도록 잔소리를 들었는데 그걸 잊고 있었던 것이다.

늦긴 했지만 진운은 바로 무릎을 꿇으면서 몸을 낮춰 소녀와 눈높이를 맞췄다.

그러자 자연스럽게 소녀의 시선이 내려와 진운과 정면으로 바라보게 되었다.

“미안, 미안. 내가 깜빡했구나.”

“…아니야.”

“아, 그래, 고마…….”

무심결에 아무렇지도 않게 말하는 소녀의 대답에 중얼거

리던 진운은 말을 멈추고 소녀를 바라보았고, 소녀도 진운을
쳐다보았다.

커다란 눈동자는 마치 거울을 보는 듯한 느낌이 들었고, 시
선을 조금 낮췄을 뿐인데 진운은 조금 전과 소녀의 모습이 너
무나 다르게 느껴졌다.

"난 정진운인데, 넌 이름이 뭐니?"

진운은 조금 전과 달리 자기를 먼저 소개하면서 이름을 물
었다. 그러자 소녀의 굳게 다문 입이 천천히 열렸다.

"다슬이… 이다슬."

"다슬이구나. 이름도 예쁘네."

과장이 아니라, 커다란 눈에 오밀조밀하면서도 앙증맞은
코와 입을 보고 진운은 그렇게 생각했다.

"다슬이는 몇 살이야?"

다슬이 입을 열자 진운은 다시 물었다.

활짝~

다슬은 양손을 앞으로 내밀더니 왼손 엄지손가락 하나만
앙증맞게 접고는 아홉 개의 손가락을 펼쳐 보였다.

"아홉 살이구나."

"응."

"그런데 어른은 안 계시니?"

이곳은 고아원이다.

거기다 다슬의 나이가 이제 아홉 살이라면 당연히 보호자
가 있을 것이라 생각하고 물었는데 다슬은 고개를 천천히 저
으면서,

"없어. 모두 나갔어."

"나가? 어디로?"

"몰라. 숨바꼭질하는데 아무도 다슬이를 찾지 않아서 배고
파서 나왔는데 아무도 없었어."

"……."

커다란 눈동자로 진운을 바라보면서 말하는 다슬의 모습
에 진운은 한순간 판단이 섰다.

어떤 이유인지 모르지만 고아원에서 사람들이 떠나면서
다슬을 놓고 간 것이다.

"혹시 다슬이 혼자야?"

"응."

굳이 다슬이 말하지 않아도 현재 이곳에 진운과 레이나, 그
리고 다슬 외에는 아무도 없다.

그런데 보지 않았다면 모르겠지만 진운의 눈에 띈 이상 다
슬을 두고 갈수는 없었다.

몇 가지 질문을 더 해본 결과 다슬이 혼자 이 고아원 건물
에 있은 지 벌써 4일째였다.

그동안 다슬을 찾아온 사람도 없다고 한다.

하긴 누군가 찾아왔다면 다슬이 혼자 있을 리도 없으니 말이다.

아홉 살짜리 여자애를 두고 떠났을 리는 없고, 만약에 뒤늦게라도 알았다면 당연히 찾으러 왔을 것이다.

하지만 4일이 넘도록 아무도 찾아오지 않았다는 것은 어떤 이유인지 모르지만 다슬을 잊어버렸거나 아니면,

'버렸을 수도……'

진운은 혼자 생각하면서 다슬의 손을 보았다.

무엇을 만졌는지 모르지만 검게 그을린 손바닥. 신발을 신고는 있지만 그쪽도 상태가 그리 좋아 보이지 않았다.

아마 이대로 길거리로 나가 앉아 있으면 100% 거지로밖에 보이지 않을 상황이다.

'어쩐다.'

잠깐이지만 고민하던 진운은 역시나 다슬을 데리고 가기로 했다.

4일이나 이곳에서 혼자 지냈다면 당연히 잊어버렸거나, 아니면 버리고 갔을 가능성이 높았다.

어쩌면 이곳에 촬영하러 왔던 누군가가 다슬을 데리고 가주길 바라는 마음에 놓고 갔을지도 모른다.

아무튼 어떤 상황인지 모르지만 다슬이 버림받았다는 것에는 변함이 없었다.

이제 겨우 아홉 살짜리 여자애를 말이다.

진운은 다슬에게 손을 내밀면서,

"나랑 같이 갈래?"

"……."

물론 다슬의 입장에서는 진운이 이렇게 말하는 것이 무섭게 받아들여질 수도 있었다.

특히나 요즘 같은 흉흉한 세상에 어린애, 그것도 여자애에게 같이 가자고 손을 내미는 것은 유괴범이나 할 짓이니 말이다.

그런데 다슬은 너무나도 편안하게 진운이 내민 손에 자신의 손을 얹고는,

"응."

하고 대답하며 진운을 향해 웃어 보였다.

"웃차!!"

진운은 다슬의 허락이 떨어지자마자 그대로 다슬을 안아 들었다.

그런데 다슬을 안아 들자마자 곧 뭔가 이상한 냄새가 코에 느껴지는 것이 아닌가?

처음에는 몰랐지만 자세히 살피니 다슬의 몸에서 냄새가 심하게 났다.

"다슬이… 세수 언제 했어?"

“…….”

갑자기 웃던 얼굴이 굳어진 다슬은 고개를 슬쩍 돌리면서 진운의 눈치를 보기 시작했다.

시커먼 손과 무릎, 그리고 옷에도 때가 제법 많이 묻어 있는 것이 며칠은 씻지 않은 게 확실했다.

거기다 가장 확실한 것은 다슬의 행동이었다.

고개를 돌리면서 눈치를 보는 모습은 누가 봐도 잘못하고서 어떻게 해야 할지 몰라 고민하는 표정이다.

많은 아이가 함께 생활하는 고아원은 그 특징상 위생을 철저하게 교육시킨다고 들은 적이 있다.

아주 가벼운 감기라도 한 명이 걸리면 순식간에 고아원 전체로 퍼지기 십상이라 손발을 씻고 목욕도 자주 한다고 들었기에 지금 다슬의 모습은 당연히 잘못한 것이다.

하지만 4일 동안 그 누구의 제지도 없이 홀로 이곳에 있었으니 9살짜리 어린애가 스스로 씻고 지냈다는 건 말이 되지 않는다.

물론 어떻게 4일 동안 이곳에서 지냈는지는 모르지만 우선 그런 것은 진운의 머릿속에 없었다.

당장 어린애가 눈앞에 나타났고 모든 정황을 봤을 때 버림받은 것이 확실하기에 우선 데리고 가기로 결정했다.

일단 씻고 소지훈한테 연락만 하면 알아서 다슬이 있던 고아원 사람들이 간 곳으로 데려다 줄 수 있기에 다슬을 데려가는 것이 크게 부담되지는 않았다.

다만 김미영의 차를 타고 가야 하는 상황이고 폐를 끼치기 싫은 탓에 냄새만큼은 해결해야만 했다.

"어쩐다?"

진운은 잠시 다슬의 몸에서 풍기는 냄새 때문에 고민하다가 곧 레이나를 떠올리고는 곧장 레이나에게 가서,

"레이나, 다슬이를 깨끗하게 해줘."

―…….

"왜 그래?"

다슬을 보는 표정이 그리 좋아 보이지 않는 레이나의 모습에 진운이 물었다.

레이나는 잠시 다슬을 빤히 쳐다보더니 말없이 손을 앞으로 내밀어 손바닥에 그녀만의 마법진을 만들었다.

번쩍거리는 빛과 함께 클린 마법이 활성화되자, 다슬은 1초만에 길바닥 거지에서 뽀송뽀송한 귀여운 여자애로 변해 버렸다.

그런 다슬의 모습에 진운은 웃고 있는 반면 레이나는 마치 모든 용무가 끝났다는 듯 차갑게 고개를 돌려 김미영이 놓고 간 차로 가더니 조수석에 앉아 버리는 것이다.

"왜 저러지?"

좀 무뚝뚝하면서 사교성이 없긴 하지만 어린애를 상대로 저런 행동을 할 레이나가 아니기에 진운은 고개를 갸웃거렸다.

하지만 이곳을 떠날 때가 되었기에 진운은 다슬을 뒷자리에 앉히고는 서둘러 차에 올라타 시동을 걸었다.

부릉~

김미영이 타고 다니는 차는 제법 고급 차에 속했기에 열쇠를 돌리기만 했는데도 부드럽게 시동이 걸렸고, 그렇게 천천히 진운과 레이나, 그리고 다슬이는 고아원을 떠났다.

"밴이네?"

진운은 고아원의 비포장 길을 벗어나 아스팔트길로 나가려고 하는 찰나 입구를 막아서고 있는 커다란 검은색 밴 한 대 때문에 차를 멈춰야 했다.

길 자체가 좁은 것도 있지만 고아원에서 시작된 비포장 길이 아스팔트길로 접어드는 길목에는 농수로로 보이는 적당한 깊이의 작은 내천이 흐르고 있었다.

그곳을 건너기 위해 만들어진 듯한 짧은 다리가 하나 있는데 하필 밴이 그 다리 위에 멈춰 서 있기 때문에 진운은 차를 멈추고 내릴 수밖에 없었다.

고아원 쪽으로 들어오려고 했는지 차 머리 부분이 안쪽으로 향한 채 멈춰 서 있다.

워낙 작은 다리이다 보니 차 한 대가 겨우 지나다닐 만큼 좁았기에 밴이 비키지 않는 이상 진운도 이곳에서 나갈 수 없었다.

"잠시 보고 올게."

차에서 내린 진운이 밴의 근처로 갔는데 어째 이상했다.

진운은 아직 자신의 감각을 컨트롤하지 못하기에 마나를 숨기거나 자신의 기척을 숨기는, 기본적으로 마스터가 가져야 할 능력이 없는 상황이다.

그러다 보니 본능적으로 진운은 주변을 느끼는 감각이 개방되어 있는 상태였는데, 그런 진운의 감각에도 지금 밴 안에서 그 어떤 사람의 기척도 느껴지지 않았던 것이다.

"아무도 없는 건가?"

진한 선팅이 되어 있는 뒤쪽 창문으로는 살펴볼 수 없어 운전석 쪽으로 자리를 옮겼는데 역시나 운전석에도 사람이 없었다.

기본적으로 이런 곳에 차를 세워놓고 사람이 어디를 간다는 게 쉽게 이해가 되지 않았기에 진운은 혹시나 근처에 누가 있을까 싶어 주변을 살피고 자신의 감각을 최대한 이용해 봤지만 걸리는 것은 뒤쪽의 레이나와 다슬이 전부였다.

"뭐지?"

한눈에 봐도 연예인이 타고 다닐 것 같은 밴이다.

그런데 차 안에 아무도 없다. 거기다 차를 세워둔 곳이 길을 막고 있기에 진운은 고개를 갸웃거리다가 얼핏 시선을 돌렸는데 키가 꽂혀 있다.

"우선 차를 빼야 내가 나갈 수 있으니……."

마스터에 오른 진운이 마나를 이용해서 주변을 살폈지만 아무리 둘러봐도 사람이라고는 레이나와 다슬뿐이었다.

언제까지 기다릴 수만은 없어 결국 진운은 밴을 움직여 옆으로 옮겨 놓고 자신이 타고 온 차를 뺀 다음 다시 원래의 위치에 돌려놓기로 했다.

진운은 스스로도 자신의 감각이 얼마나 넓은 범위를 탐색할 수 있는지는 모르지만 최소한 반경 몇 백 미터는 뛰어다니는 야생동물도 진운의 감각을 벗어날 수 없을 만큼 민감했기에 사람이 근처에 없다고 판단했다.

사실 이런 곳에 차만 세워두고, 거기다 차에 키까지 꽂아둔 채로 사람만 사라지는 경우는 들어본 적도 없는 진운이기에 마냥 기다릴 수도 없다.

거기다 고아원에서 발견한 다슬도 소지훈에게 데리고 가서 어떻게 할지 의논도 해야 하고, 탑으로 돌아가 최무도의 흔적도 살펴봐야 하기에 나름 바쁜 진운이다.

"실례하겠습니다."

사람은 없지만 그래도 혹시나 하는 생각에 말을 하고는 밴에 올라탄 진운이 시동을 켜기 위해 키를 돌렸다.

딸각.

"……?"

혹시나 싶어 몇 번씩 키를 돌렸지만,

딸각딸각.

하는 소리만 들릴 뿐 시동이 걸리지 않았다.

"아, 고장 난 건가?"

사실 이런 외곽에 차를 그냥 버려두고 간다는 게 솔직히 말이 되지 않는다고 진운도 생각하고 있지만 설마 시동조차 걸리지 않을 줄은 전혀 생각지 못했다.

"고장 나서 놓고 간 건가?"

얼핏 연예인들은 스케줄에 쫓겨 다닌다는 말을 들었다.

정말 잘나가는 트롯 여가수 한 명은 스케줄만 하루에 7~10개를 소화한다고 하는 걸 들은 적이 있다.

진운은 어떤 연예인이 밴이 고장 나서 놓고 먼저 떠난 걸로 혼자 단정 지어버렸다.

뭐 사정이야 어찌 되었든 밴을 옮기지 않으면 진운도 이곳에서 오도가도 못하는 상황이기에 몇 번 더 밴의 시동을 걸어보다가 결국 포기하고는 차에서 내려 밴의 앞부분으로 가 차 아래쪽을 슬쩍 손으로 몇 번 더듬었다.

“역시 있네.”

모든 자동차가 있는 것은 아니지만 웬만한 자동차에는 앞쪽이나 뒤쪽에 혹시나 모를 견인용 후크가 있었다.

사막을 여행할 때 나름 지식을 쌓은 적이 있는 진운은 그것을 생각해 내고는 혹시나 하는 마음에 밴의 앞쪽 범퍼 아래를 살피다가 후크를 찾아낸 것이다.

사실은 뒤에서 차를 밀어버릴까도 생각했지만, 몇 억씩 하는 차를 실수라도 하는 날에는 생돈 날릴 수도 있고, 괜히 구설수에 휘말릴 수도 있기에 최대한 흔적이 남지 않게 처리하고 싶은 생각에 궁리를 하다가 후크를 기억해 낸 것이다.

쫘악!

진운은 후크를 찾자마자 그대로 맨손으로 후크를 움켜잡고는 잠깐 호흡을 하더니 한 팔로 들어 올렸다.

덜컹~!

“제법 무겁네.”

사실 밴의 무게는 거의 2톤에 육박할 만큼 무거웠다.

인간이 든다는 건 말도 안 되는 일이지만 진운은 그런 것은 애초에 머릿속에 있지도 않은 듯 가볍게 한 팔로 들더니 뒷걸음질을 해서 한쪽 구석으로 움직이고는 다시 차를 내려놓았다.

출렁~

육중한 밴의 앞부분이 들렸다가 땅으로 내려놓자 차가 잠깐 진동으로 흔들거렸지만,

탁탁.

진운은 오히려 후크에 묻어 있던 기름때가 손을 더럽혀 잠시 인상을 찡그릴 뿐이었다.

그대로 자신의 차로 돌아가서 물수건으로 대충 닦고는 차를 몰고 가버렸다.

하지만 진운도 모르고 있는 것이 있었으니, 밴의 앞쪽에 블랙박스가 달려 있었다.

겉으로 보이는 그런 게 아니라 앞 유리 위쪽에 달려 있는 작은 카메라는 혹시나 모를 교통사고 시 자료로 사용된다.

연예인들이 타고 다니는 밴의 특성상 밴에 몹쓸 짓을 하는 사람들이 많은 편이라 앞쪽과 뒤쪽에 각각 카메라가 달려 있었던 것이다.

튜닝을 할 때 주문해서 차 속에 보이지 않게 숨겨둔 것이라 진운도 전혀 눈치를 채지 못하고 있었다.

그리고 그 블랙박스는 앞쪽이 번쩍 들리자 자동으로 작동했고, 다시 바퀴가 땅에 닿기 전까지 모든 것을 녹화하고 있었다.

꿈에도 자신의 행동이 녹화되고 있을 것이라고는 생각지 못한 진운은 그 길로 곧바로 소지훈의 집을 먼저 찾았다.

“왔어?”

진운과 레이나가 들어서자 웃으면서 나오던 김미영은 처음 보는 어린애가 진운 옆에 있자 슬쩍 진운을 쳐다보면서,

“숨겨놓은 딸?”

“이렇게 큰 딸이 있으려면 도대체 제가 몇 살 때 애를 낳아야 되는데요?”

“후후훗, 그런가? 아무튼 웬 여자애야?”

김미영은 커다란 눈망울로 쳐다보고 있는 다슬과 눈이 마주쳤는데 의외로 호감이 있는지 시선을 다슬에게서 쉽게 떼지 못했다.

“아저씨는요?”

“오빠는 방에 있지. 들어와.”

방으로 들어가자 소지훈도 다슬을 보고는,

“숨겨놓은 딸이니?”

“재탕은 재미없어요.”

간단하게 소지훈의 농담을 일축시켜 버리고는 다슬에 대해서 설명하기 시작했다.

크게 설명할 것도 없기에 진운은 있는 그대로 말했고 그 말을 들은 소지훈은 잠시 생각하더니 휴대폰을 꺼내 어딘가로 연락했다.

그리고 잠시 뒤,

"우선 내가 아는 사람을 통해서 그전에 있던 원생들이 어디로 갔는지 알아보고 알려주마."

역시나 변호사라는 것이 이럴 때는 참 많은 도움이 된다고 생각한 진운은 애초에 소지훈을 통해 금방 해결될 것이라고 생각하고 있었기에 가볍게 고개를 끄덕였다.

그리고 밥을 먹고 나서 자연스럽게 대화는 다슬이 어떻게 살아왔는지 등을 물어보는 것이 되었지만,

"……."

"아무 말도 안 하네."

김미영은 웃으면서 다슬에게 이것저것 물어봤지만 어떻게 된 것이 한마디도 하지 않고 있는 다슬이다.

"혹시……?"

김미영이 진운을 보면서 말꼬리를 흐리자 진운은 뭘 말하려는지 알고는,

"그건 아니에요. 이름도 직접 말해서 제가 알았으니까요. 다만 낯을 좀 가리는 것 같아요. 제가 처음 물었을 때도 말을 하지 않았거든요."

"그래?"

김미영은 고아원에 있던 사람들이 떠나고 난 뒤에 4일 넘게 사람이라고는 아무도 찾아오지 않는 그곳에서 혼자 어린

것이 지냈으니 오죽하겠냐는 생각에 더 이상 다슬을 향한 질문은 그만두었다.

그런데 그렇게 다슬에게서 시선을 돌린 것까지는 좋았는데 이번에는 진운이 표적이 되어버렸다.

워낙에 광고 촬영장에서 진운이 보인 모습이 놀랍기도 했지만 소지훈과 김미영도 진운의 몸에서 풍기는 마나의 향기에 벗어나지 못했으니 다슬만 아니면 아마 오자마자 붙잡혀서 김미영의 수다에 시달렸을지도 몰랐다.

거의 두 시간 가까이 김미영의 수다를 가장한 집요한 추궁 속에 버티던 진운은 이대로는 밤새도록 이야기만 듣겠다는 생각에 벗어나려고 일어서는데,

"어디 가?"

기다렸다는 듯 김미영이 손을 뻗어 진운의 팔을 잡았다.

"이만 갈게요. 저도 이제 가서 쉬어야죠."

"아직 중요한 이야기가 남았는데 어딜 가려고?"

획~

김미영이 억지로 진운을 다시 앉히고 나자 소지훈이 방으로 들어가더니 서류 몇 장을 가지고 나와 진운 앞에 내밀었다.

"뭐예요?"

"복학 서류다."

“복학 서류요?”

“음… 너도 자세한 건 전혀 모르고 있었구나?”

소지훈은 진운이 알고 있을 것으로 생각했는데 전혀 모르는 표정이자 설명을 시작했고, 그걸 들은 진운은 한숨부터 내쉬었다.

“그러니까 아저씨 말은… 제가 지금 빌려 쓰고 있는 신분의 정진운이라는 학생이 다니던 학교에 제가 다시 복학해야 한다는 말이에요?”

“그래.”

“하아…….”

본래 정진운이 다니던 호주의 학교는 자퇴를 했다.

하지만 정진운은 호주 대학과 협약을 맺은 한국 대학교의 학생으로, 호주 대학에는 유학생 형식으로 가 있는 것으로 되어 있었다.

때문에 아직도 한국 쪽 대학교에는 그가 학생 신분으로 등록된 상태였다.

하지만 뭐랄까, 어쩔 수 없이 신분을 빌리긴 했지만 필요에 의해서일 뿐이고, 죽은 진운의 인생을 대신 살 생각은 없었기에 전혀 생각조차 하고 있지 않고 있었던 것이다.

별로 내키지는 않지만 그래도 시선이 복학 서류로 향하는 것은 어쩔 수 없었다.

"S대네요?"

놀랍게도 지금 진운이 복학 신청을 해야 하는 대학교가 바로 국내에서 최고의 수재들만 다니고 고등학교 때 전교 1등 했던 녀석들은 대학교 구내식당에 있는 식판 숫자만큼 많다고 알려진 S대였다.

사람들이 S대를 최고로 치는 이유는 국내에서 최고라는 명성도 있지만, 국립대에다 무엇보다 장학금 제도가 현재 가장 잘되어 있는 곳이기도 했기 때문이다.

성적만 제대로 유지한다면 학비는 걱정하지 않아도 될 만큼 장학금만으로도 졸업할 수 있었다.

다만 장학금을 받기 위해서는 정말 코피 쏟아가면서 잠자는 시간까지 아껴가며 공부를 해야 한다는 게 문제이긴 했지만 말이다.

그런데 진운은 지금 그 S대에 복학을 해야 할 판이었다.

"사실 나도 이걸 전해줘야 할까 말아야 할까 고민을 했다만 어찌 되었든 신분을 대신 사용하고 있으니 네가 판단해야 겠다는 생각에 전해주는 것이다."

진운은 소지훈의 눈동자를 보고는 나름 소지훈도 고민을 한 흔적을 느낄 수가 있었다.

하지만 진운은 현재 여유롭게 대학을 다닐 생각을 전혀 하고 있지 않다가 알게 된 것이라 고민이 될 수밖에 없었다.

　어차피 죽을 운명을 가진 사람의 신분을 가지고 현재 살고 있긴 하지만 진운은 해야 할 일이 있었다.

　한가롭게 대학 캠퍼스에 들어가 청춘을 느끼기에는 현재 상대해야 하는 적이 너무나 크다는 것이 문제였다.

　그런데 소지훈이 그런 진운의 사정을 알고 있으면서도 복학 서류를 보여준 것에 진운도 대놓고 거부할 수가 없었다.

　"아저씨."

　"난 네가 복수를 위해서 무엇을 하려고 하는지 대충은 알고 있다."

　현재 소지훈과 김미영은 진운이 뚜렷하게 어떤 준비를 하고 어떻게 움직이는지 대부분 모르고 있었다.

　다만 진운이 아버지의 복수를 위해 무언가 계획하고 준비 중이라는 것은 알고 있었다.

　하지만 진운이야 어찌 되었든 소지훈이 보기에 친구의 하나뿐인 혈육이 복수를 한답시고 청춘을 낭비하는 것이 결코 좋게 보일 리가 없었다.

　막말로 죽은 사람은 죽은 사람이고 산 사람은 살아야 할 것이 아닌가?

　물론 소지훈도 나름 계속 조사를 하고 있지만 한번 손을 놓았다가 다시 조사를 시작해서 그런지 오히려 안 하느니만 못할 만큼 얻는 정보가 없었다.

　물론 거기에는 진운이 소지훈에게 가야 할 정보를 중간에 가로채서 아예 소지훈에게는 쓸데없는 것 외에는 가지 못하도록 하고 있는 것을 모르고 있었다.

　그런데 상황이 이렇게 되자 소지훈은 진운의 인생이 걱정되기 시작했다.

　자신도 변호사의 길을 걸으면서 자신의 꿈을 좇는 것이 인생의 낙으로 알고 있었지만, 막상 김미영을 만나 결혼을 해보니 그동안 자신이 알고 있던 것과 전혀 다른 인생이 있었던 것이다.

　자신이야 어쩔 수 없이 늘그막에 알게 된 행복이지만 진운은 가능하면 조금 더 빨리 알았으면 하는 바람이 있다.

　현재 소지훈에게 진운은 자식이나 마찬가지였기에 이렇게 신경을 쓰는 것이다.

　"하지만 말이다, 당장 녀석들을 때려잡지 못할 거라면 진운 너도 여러 가지 경험을 쌓아야 하지 않겠니?"

　"전 별로 생각 없어요."

　애초에 자신이 다니던 대학도 아니기에 그만두는 것에 별거리낌이 없는 진운이지만 소지훈은 그렇지가 않았다.

　집요하게 계속 진운을 설득하기 시작한 것이다.

　누구의 것을 빌렸든 현재 진운으로 살고 있는 것이니 복학을 해보라는 것이다.

복학해서 도저히 적응이 안 된다면 그때는 그만두어도 더 이상 귀찮게 하지 않을 테지만 해보지도 않고 그만두는 것은 아니지 않느냐고 설득하는데, 진운도 애초에 자신과 관련이 없었던 것이니 상관없다고 우겼지만, 변호사 출신의 소지훈을 상대로 말로써 이긴다는 것은 현재 진운에게는 무리였다.

"하아, 알았어요. 복학할게요."

결국 두 시간에 걸친 소지훈의 설득에 진운이 먼저 항복해 버렸다.

Chapter 03
뜻밖의 사건

　　이기적일 수도 있지만 소지훈은 현재 진운이 가지고 있는 신분과 관련된 것 중 필요한 것은 모두 진운이 사용하기를 바라는 욕심에 이렇게 설득하고 있는 것이다.

　　특히나 S대라는 간판은 앞으로 진운이 살아가는 데 도움이 되면 되었지 결코 해가 되지 않는다는 것을 소지훈 자신이 더 잘 알고 있기에 억지를 부려서라도 진운이 복학하도록 한 것이다.

　　대한민국에서 학연과 지연을 빼면 남는 게 없다는 말이 그냥 나온 게 아니다.

소지훈 자신만 봐도 그렇지 않은가?

잘나가는 로펌의 변호사로 법조계에서는 능력을 인정받지만 고아라는 이유로 자신에게 시집오려는 여자가 없어 김미영을 만나기 전까지는 선도 보았지만 거의 퇴짜를 맞았던 것이다.

그런데 진운도 이제는 고아다.

당연히 사회의 인식이 고아에 대한 편견에서 벗어난다는 것은 불가능하다.

고졸이라는 타이틀은 아마 진운의 삶에 족쇄가 되면 되었지 절대로 날개가 되지 못할 것을 잘 알기에 진운이 내켜하지 않는다는 것을 알면서도 억지로 밀어붙인 것이다.

학비야 어차피 소지훈 자신이 도와줄 수도 있다.

김미영도 진운의 복학 이야기를 듣고는 도와주겠다고 했다.

어차피 진운을 가족으로 생각하고 있는 소지훈과 김미영이기에 그까짓 학비쯤은 아무것도 아니었다.

이렇게 미리 준비를 한 상태이다 보니 진운이 복학을 거부할 것을 예상한 소지훈이 단단히 각오를 하고 진운과 마주한 상태였기에 애초에 진운이 소지훈을 이기기란 불가능했다.

산전수전 다 겪은 소지훈이 말발을 세우면서 진운을 압박하는데 마스터의 능력을 가지고 있다지만 변호사를 상대로 이긴다는 게 처음부터 불가능한 일이기도 했다.

"그럼 서류는 내가 작성해서 학교에 제출해 주마."

다시 진운에게서 서류를 뺏다시피 한 소지훈은 자기가 알아서 작성하더니 순식간에 해치워 버렸다.

진운은 다슬의 문제를 맡기러 왔다가 졸지에 대학 생활을 해야 할 판이 되어버린 것이다.

"그리고 다슬이는 어떻게 할 거니?"

소지훈은 복학 문제가 해결되자 다시 다슬의 문제를 들고 나왔는데, 진운은 고개를 갸우뚱거렸다.

눈치 빠른 소지훈은 진운이 그걸 왜 불어보냐는 듯한 표정에 한 번에 알아채고는,

"너, 내가 알아서 해결해 주길 바라는 생각으로 데려온 거지?"

뜨끔!

소지훈이 정확하게 진운의 생각을 읽은 듯 말하자 잠시 눈동자를 옆으로 피했지만 소지훈 앞에서 어설픈 변명이 통할 리가 없었다.

어릴 때부터 진운과 봐온 사이이기도 했지만, 국내에서 알아주는 변호사이기도 했으니 말이다.

"뭐… 그곳에 어린애를 두고 온다는 것이 말이 되지 않긴 하다만은… 네가 데리고 있을 거니?"

“뭐… 레이나도 있고 하니까 전 크게 상관없어요.”

진운도 살짝 뜨끔하긴 했지만 다슬은 한동안 진운 자신이 데리고 있을 생각이었기에 속으로는 뜨끔했지만 당황하진 않았다.

“그래.”

소지훈도 진운이 그렇게 생각 없이 무작정 데리고 왔을 리는 없다고 생각했기에 그렇게 일을 마무리하려고 하는데,

스르륵.

그동안 진운의 옆에서 꼼짝도 하지 않고 커다란 눈망울로 눈치만 보던 다슬이 갑자기 스스로 일어서더니 진운의 곁을 벗어나 김미영의 곁으로 다가가는 것이 아닌가?

“……?”

김미영도 갑작스럽게 다슬이 자신에게 다가오자 살짝 당황했지만 피하거나 하진 않았다.

그리고 김미영의 곁으로 다가온 다슬은 김미영의 곁에 조용히 앉더니 작은 손을 조심스럽게 뻗어 김미영의 소맷자락을 움켜잡았다.

“어머?”

김미영도 다슬이 이렇게 다가올 줄은 전혀 예상하지 못했기에 놀라고 있는 중이었는데,

“엄… 마…….”

“……!!”

김미영을 보고는 작은 목소리로 ‘엄마’라고 하는 것이다.

그 말에 김미영이 놀라서 다슬을 바라보자 다슬도 커다란 눈으로 똑바로 올려다보았다. 처음에 봤을 때와 완전히 다른 행동이다.

“엄마?”

소지훈도 다슬의 갑작스런 행동에 놀라고 있었다.

진운도 설마 김미영에게 다가간 다슬이 그런 말을 할 줄은 예상 못했기에 놀라고 있는데 유독 레이나만 무표정한 모습으로 그런 다슬을 가만히 바라보고 있었다.

그리고 그런 레이나의 눈빛은 어린애를 바라보는 눈빛이 아니었다.

와락!!

“어이구, 귀여운 것!”

애초에 아이를 좋아했던 김미영은 처음 다슬을 봤을 때부터 사실 마음에 들었다. 다만 워낙 낯을 가리는 모습과 행동 때문에 애써 참고 있을 뿐이었다.

하지만 다슬이 먼저 다가와 엄마라고 불러주자 결국 본래의 성격대로 덥석 안더니 얼굴을 비비면서 아주 좋아 죽겠다는 표정을 짓고 있다.

“역시나… 또 저러는군.”

소지훈도 김미영이 아이를 좋아한다는 것을 익히 알고 있기에 다슬을 안고 행복한 표정을 짓고 있는 김미영의 행동에 한숨을 쉬긴 했지만 말리진 않았다.

"아무래도 다슬이는 우리가 데리고 있으면 안 되겠니?"

소지훈은 김미영이 이미 안아버린 이상 다슬을 김미영한테서 떼어놓았다가는 무슨 보복을 당할지 몰라 진운에게 그렇게 말했다.

진운은 잠시 김미영의 품에 안겨서 발버둥치는 다슬의 모습을 보다가,

"다슬이가 원한다면야 전 상관없어요."

"그래?"

진운도 사실 동정으로 데리고 온 것이지 딱히 다슬이 마음에 들거나 좋아서 데리고 온 것은 아니었기에 쉽게 승낙했다.

그때부터 김미영의 마수가 다슬에게 뻗치기 시작했다.

"언니랑 같이 살래? 응? 응? 내가 맛있는 거랑 옷도 사주고 할 텐데 말이야. 잘 때 언니랑 같이 자는 거야. 어때?"

마치 어린애 앞에 커다란 사탕을 들고 흔들면서 '이리 와, 이리 와' 하는 유괴범과 같은 미소를 짓는 김미영의 모습에 진운과 소지훈은 그냥 웃을 수밖에 없었다.

"응, 엄마."

와락!!

역시 어린애라서 그런가?

김미영의 사탕발림에 너무나 쉽게 넘어가자 김미영은 다시 다슬을 강하게 껴안고는 몸까지 흔들어대면서 아주 난리를 쳤다.

그 모습을 보다 못한 소지훈이 진운에게,

"좀 극성이지?"

"후후훗, 솔직히 대충 예상은 했어요. 저한테도 저러는데요. 다만 저렇게 껴안지는 않지만요."

물론 다슬만큼 작았다면 아마 진운도 김미영의 사탕발림 마수를 받았을지도 모른다. 하지만 그러기에는 진운이 너무 컸다.

"이만 갈게요."

"그럴래?"

"네. 늦었고 이제 좀 쉬고 싶어서요."

진운은 다슬의 거취 문제가 너무나 쉽게 해결되었기에 소지훈과 김미영의 배웅을 받으면서 가벼운 마음으로 나왔다.

그런데 소지훈의 집을 나와 아파트를 벗어나기 위해 걸어가던 진운은 문득 고아원을 벗어난 뒤로 이상하게 레이나가 한마디도 하지 않았다는 것을 깨달았다.

"레이나."

진운이 부르자 말없이 고개만 돌려 진운을 바라보는데, 왠지 진운이 느끼기에 레이나가 평소와 좀 달랐다.

"왜 그래?"

―…….

진운과 레이나는 현재 서로가 동료라고 생각하고 있는 사이이기에 편하긴 하지만 그만큼 서로에게 뭔가 알지 못하는 실수를 하는 경우가 있었다.

남녀 사이에 연인이 아닌 동료라는 의식으로 같이 있으니 남자와 여자가 서로 알지 못하는 사이에 상대방에게 뭔가 실수하는 경우가 있을 수밖에 없었다.

레이나가 워낙 무뚝뚝하고 논리적인 성격이다 보니 그런 자잘한 실수는 대충 넘기기에 진운도 모르고 넘어가는 경우가 많았지만, 지금처럼 한참 동안 말 한마디 하지 않은 적은 없었기에 진운이 물어본 것이다.

"레이나, 왜 아까부터 한마디도 하지 않아?"

―…….

레이나는 대답 대신 진운을 바라보기만 하다가,

―진운, 다슬이를 어떻게 느꼈어?

"다슬이? 갑자기 다슬이는 왜?"

레이나의 말에 진운은 순간 자신이 다슬과 만나고부터 레이나가 갑자기 입을 다물어 버렸다는 것을 깨달았다.

―어떤 느낌이었지?

"어떤 느낌이었냐니… 갑자기……."

뜬금없이 다슬을 어떻게 느꼈냐고 물어보는 레이나의 말에 진운은 잠시 생각해 보았지만 어린애 그 이상도 그 이하도 아니다.

"뭐, 귀여운 여자애? 그 정도인데?"

―…….

레이나는 진운의 말을 듣고는 살짝 눈을 아래로 내리면서 생각하는 듯하더니,

―그럼 됐어.

"뭐가 됐다는 거야?"

뭔지 설명은 하지 않고 혼자 생각하고는 그대로 결정을 내려 버린 레이나의 모습에 진운은 의아했다.

"나도 좀 알았으면 좋겠는데……."

―알고 싶어?

오히려 레이나의 눈빛이 날카롭게 변하면서 진운을 바라보는데, 순간적으로 진운은 괜히 물어봤나 하는 생각이 들 정도였다.

"응."

하지만 소지훈과 김미영이 잠시 데리고 있기로 했으니 혹시라도 자기가 놓친 것이 있다면 알아야 할 것 같기에 단호하

게 대답하자,

　―좋아, 그럼 말해줄게. 내 느낌이지만…….

　찌이잉~!

　레이나가 다슬에 대해서 말하려고 하는 순간 갑자기 진운의 손가락을 통해 마나가 심하게 흔들리는 느낌이 전해졌다.

　"잠깐만!"

　지금 마나가 흔들리는 이유를 알고 있는 진운은 급히 레이나의 말을 막고는 잠시 호흡을 가다듬더니,

　"레이나, 빨리 탑으로 가야겠어!"

　―……!

　"최무도가 움직인 모양이야."

　처음 바벨의 탑의 능력을 알았을 때 진운이 가진 권한은 정보를 탐색할 수 있는 정도가 한계였다.

　그것도 자신이 원하는 정보를 정확하게 하지 않으면 찾을 때 며칠이 걸릴지도 모를 만큼 아주 기초적이었다.

　때문에 검색을 할 수 있는 것도 한계가 있었다.

　특히나 죽은 사람에 관한 검색은 불가능했다.

　'검색 불가'가 아니라 '검색 제한'이라는 문구가 진운의 앞에 나타났으니 말이다.

　진운은 처음에 바벨의 탑이 정보를 저장하고 있다는 것을 알자마자 아버지를 검색했다.

하지만 진운에게 돌아온 것은 '검색 제한' 이라는 검은색 글자가 전부였다.

그리고 바벨의 탑이 가지고 있는 정보를 진운이 알기에는 현재 권한으로는 한계가 있다는 것을 알게 되었다.

물론 그것도 소지훈의 집에서 깨달음을 얻은 뒤로 어느 정도 풀리긴 했지만 여전히 죽은 사람에 대한 정보는 '검색 제한' 을 풀지 못하고 있었다.

대신 진운의 능력이 오른 만큼 바벨의 탑이 가지고 있는 정보를 검색하는 능력이 향상되었다. 처음이 옛날 DOS 시절의 컴퓨터를 연상시킨다면 현재 진운이 바벨의 탑에서 사용할 수 있는 권한은 Windos 정도로 크게 업그레이드된 것이나 마찬가지다.

그리고 지금 진운의 마나를 흔드는 것도 업그레이드된 능력 중의 하나로 최무도가 평상시의 일상이 아닌 다른 무언가를 하면 즉각 진운에게 알리도록 알람 설정을 해놓은 것이 작동한 것이다.

물론 귀찮게 바벨의 탑으로 돌아가야 한다는 것이 아직은 번거롭긴 하지만 말이다.

다다닥.

곧바로 진운과 레이나는 사람이 없는 곳으로 자리를 옮겨 바벨의 탑으로 이동했다.

＊　　＊　　＊

“음…….”

허공에 그려진 스크린을 바라보는 진운의 눈에는 지금 최무도가 선명하게 보였다.

마치 초성능 군용 인공위성으로 내려다보는 듯 선명한 화질로 최무도가 움직이는 모습이 집에서 TV를 보듯 보이는 것이다.

그런데 알람이 울린 것과 달리 최무도는 평소와 같이 집으로 향하고 있었다.

“뭐지? 왜 알람이 울린 거지?”

평소와 다를 바 없는 움직임과 표정이기에 진운은 혹시나 자신이 놓친 것이 있는가 하는 생각에 오늘 하루 동안 최무도가 한 것을 대충 살펴보았다.

딱히 성과는 없었다.

그런데 화면을 바꾸면서 최무도의 정보를 보여주는 화면이 떴을 때 진운은 왜 알람이 울렸는지 알 수 있었다.

“카운트다운.”

호주에서 신분을 갈아 탈 정진운이라는 고아를 봤을 때 나타났던 붉은 표시와 함께 확대해 보니 저번과 같이 카운트다운이 흐르고 있었다.

―진운.

레이나도 이미 한 번 겪은 일이라 그런지 단번에 눈치를 채자 진운은,

"50분 남았어."

저번에도 그렇고 이번 경우도 그렇고, 진운은 자신이 알고 있거나 열람했던 인간이 죽기 한 시간 전에 바벨의 탑이 알려 준다는 사실을 알 수 있었다.

이번 최무도의 경우도 알람이 있고 나서 잠깐 지체한 시간을 생각하면 지금 50분 남았다는 표시가 대충 한 시간 전에 알렸다는 것이나 다를 바가 없었으니, 거의 죽기 한 시간 전에는 진운이 알 수 있다는 결론이 나왔다.

"가자!"

최무도마저 죽어버리면 정말 진운은 아버지 사건을 완전 처음부터 다시 시작해야 하기에 서둘렀다.

저번 박진수와 같은 경우를 피하기 위해서 최대한 조용히 바벨의 탑을 이용해서 감시만 했지만, 뜻밖에 최무도가 죽어 버리면 정말 맨땅에 헤딩해야 하는 상황이 벌어지니 마음이 급했다.

―좌표 계산 끝났어!

레이나가 서두르는 진운의 마음을 아는지 재빨리 현재 최

무도의 집의 좌표를 계산했다

둘은 그대로 탑을 벗어나자마자 순간이동을 했다.

스팟!

저벅.

정확하게 최무도가 살고 있는 아파트 옥상에 도착한 진운은 실내로 들어가는 문을 향했다.

철컥!

"잠겼군."

일반적으로 아파트 옥상문은 잘 잠그지 않는 편이지만, 최근에 근처 아파트 옥상에 가출 청소년들이 올라와 불 피우고 놀다가 화재 사고가 일어날 뻔한 뒤로 아파트 옥상 문을 열쇠로만 열고 닫을 수 있도록 경비가 잠가놓은 것이다.

하지만 이를 알 리 없는 진운은 보통 옥상은 바깥쪽에서 열 수 있도록 되어 있는 구조라는 생각에 찾아봤지만 있는 것이라고는 열쇠구멍뿐이라 별수 없이,

"흐읍!"

호흡법을 사용하더니,

끼리릭!!

문의 손잡이를 잡아서 뽑아버렸다.

쨍그랑!!

뽑아낸 문손잡이를 내팽개친 진운이 문을 열고 빠르게 계

단을 내려가는데 빠르게 왔기 때문인지 시간적 여유가 많았
다.

“40분이라……. 레이나.”

―응?

“마법으로 혹시나 주변에 저격수나 다른 위험이 있는지 좀
알아봐 줘.”

상대는 국정원 요원이다. 그것도 제법 높은 직급의 요원 말
이다.

무작정 위험하다고 쳐들어가 봐야 어떤 위험이 있을지 알
수가 없다.

보통 이런 요원들은 저격이나 암살로 죽는 경우가 많았기
에 주변을 살피도록 레이나에게 도움을 요청한 진운이다.

아직 자신은 공격 기술 외에는 서툴러서 레이나만큼 광범
위하면서도 세심하게 살피는 게 불가능했다.

감각만으로 파악하는 진운은 생명체만 느낄 수 있는 반면
레이나는 마법적으로 조건을 바꾸면 폭발물도 찾아낼 수 있
었기에 이럴 때는 레이나가 확실히 유용했다.

지이잉!!

레이나는 진운의 말이 끝나자마자 양손의 손바닥에 마법
진을 활성화시키고는 마나를 격발했다.

스팟!!

마치 보이지 않는 파장이 퍼지듯 레이나를 중심으로 사방으로 마나의 파동이 퍼져 나갔다.

―…….

잠시 동안 레이나는 눈을 감고 집중하더니 손을 내리고는 진운에게,

―없어. 진운이 걱정하는 폭발물, 저격수, 혹시나 모를 암살 위험도 말이야.

"그래?"

잠시 레이나가 탐색하는 동안에도 시간은 계속 흐르고 있다.

"30분……."

―어쩔 거야? 마냥 기다리기에는 우리가 불리한데.

레이나의 말처럼 죽음의 카운트다운은 경험상 1초의 여유도 없이 정확하게 들어맞았다.

오히려 상황에 따라 시간이 크게 줄어들기까지 했던 것을 생각하면 현재 진운이 할 수 있는 선택은 오로지 한 가지였다.

"직접 만나야겠군."

웬만하면 진운은 스스로를 드러내지 않고 움직이려고 했지만 상황이 여의치 않았고, 더욱이 시간도 없었기에 어쩔 수 없이 진운이 직접 최무도의 옆에 있기로 했다.

진운이 직접 최무도의 집에 쳐들어가기로 하자 레이나는
진운의 앞에 서더니,

—사일런스(Silence).

찌잉!

레이나가 소리를 완전히 죽이는 마법을 문에 시전하자 진
운은 거침없이 아파트 문의 손잡이를 잡고 돌렸다.

콰지직!

요원이 어째서 전자 도어락을 사용하지 않는지 모르지만
열쇠로 여는 손잡이를 잡고 돌리자 쉽게 부서져 버렸다.

그게 다가 아니었다. 문을 밀자 안쪽에 걸쇠가 걸렸는지 문
이 열리지 않았다.

물론 그것도,

빠직!!

진운이 힘을 줘서 문을 밀어버리자 무쇠로 만든 걸쇠였지
만 마치 플라스틱조각이 부서지듯 손쉽게 부서지면서 문이
열렸다.

그 모든 것은 레이나의 마법으로 인해 소리없이 진행되었
다.

진운이 들어서자 가장 먼저 진운의 귀에 들린 것은 TV 소
리였다.

최무도는 아직 혼자 살고 있기에 이 집에는 최무도뿐이었

다. 으레 혼자 사는 남자들이 그렇듯 최무도의 집은 TV 소리 외에는 들리는 소리가 없었다.

"……?"

TV 소리가 들렸기에 당연히 거실에 있을 것으로 예상했던 최무도가 없자 진운은 고개를 돌렸다가 방 안에서 기척이 느껴져 방문을 열고 들어갔다.

그러자 침대 위에 누워 있는 최무도가 보였다.

"잠든 건가?"

조용히 눈을 감은 채 편안하게 침대에 누워 있는 모습에 진운은 천천히 다가갔다.

"……!"

그런데 진운이 최무도의 곁으로 다가갔는데도 미동도 없다.

상대는 국정원 요원이다.

문을 열고 들어올 때에야 당연히 사일런스 마법 때문에 소리가 나지 않았지만 방금 방문을 열 때는 그냥 열었던 것이다.

거기다 진운이 가까이 다가오는데도 최무도는 꿈쩍도 하지 않았다.

"설마……."

진운은 혹시나 하는 생각에 최무도의 뺨을 후려쳤다

찰싹!!

하지만 고개가 돌아간 그대로 미동조차 없다.

"젠장!"

혹시나 했던 상황이 벌어지자 진운은 급히 레이나에게,

"레이나, 깨워야 해!"

레이나도 뺨을 후려쳤는데도 깨어나지 않는 모습에 뭔가 단단히 잘못되었다는 것을 알고는 이미 마법진을 활성화시켜 둔 상태였다.

―웨이크(Wake)!

죽지만 않으면 어떻게든 깨어난다는 웨이크 마법을 최무도에게 시전하자,

들썩!!

마치 전기 충격기로 심장 소생술을 쓴 것과 같이 최무도의 몸이 들썩였다.

하지만 축 늘어진 최무도의 몸은 움직일 줄을 몰랐다.

―다시 한 번!

레이나도 웨이크 마법으로도 일어나지 않자 다시 마법을 썼다.

들썩!

조금 더 강하게 썼는지 최무도의 몸 전체가 공중에 떴다가 내려앉을 만큼 크게 움직였다.

하지만 역시나 손가락 하나 움직이지 않는 모습에 진운은

서둘러 최무도의 목에 손가락을 가져가 대어보았다.

일반적으로 심장 소리를 듣거나 손목의 맥을 짚는 경우가 많은데, 사실 사람이 죽었는지 살았는지 가장 확실하게 확인하는 방법은 목에 흐르는 경동맥을 확인하는 게 가장 확실했다.

손목의 맥박 같은 경우 어깨에 문제가 생기면 손목으로 맥이 흐르지 않는 경우가 있고, 심장 소리도 심장이 조금 느리게 뛸 경우 듣지 못해 죽었다고 오해하는 경우가 있다.

하지만 뇌로 피를 보내는 목에 있는 경동맥은 무조건 죽지만 않으면 흐른다.

즉, 경동맥이 뛰지 않으면 죽었다고 봐도 결코 틀리지 않는다.

진운도 이런 것을 처음에는 몰랐지만 나름 공부하고 준비하면서 알게 된 것이다.

사람을 살리는 것도 죽이는 것도 모두 잘 알아야 한다는 레이나의 조언을 받아들여서 공부했는데 지금 그것이 발휘되고 있는 것이다.

"……."

잠시 동안 맥을 짚어보던 진운은 서둘러 최무도의 남은 시간을 살폈다.

그러자 조금 전 집으로 들어올 때보다 많이 줄어든 5분으로 바뀌어 있었다.

이로써 진운은 바벨의 탑에서 알려주는 죽음의 카운트다운은 주변의 상황이나 환경에 따라 얼마든지 변경이 가능하다는 것을 확신했고, 지금 최무도의 맥도 천천히 느려지는 것을 확인했다.

거기다 전문적으로 의학 지식이 없는 진운이라도 5분이라는 시간과 지금 느리게 흐르는 최무도의 맥박을 보면 거의 정확하게 맞아떨어져 보였다.

조금 전까지만 해도 멀쩡하게 걸어서 들어가는 것을 확인했는데 잠깐 사이에 최무도가 죽어가는 것은 아무리 진운이라도 이해하기 힘들었다.

마치 진운이 오기 바로 전에 최무도가 이렇게 된 것처럼 말이다.

─진운, 비켜봐!

레이나는 일그러지는 진운의 표정을 보더니 앞으로 나서면서 양손을 뻗었다.

─큐어(Cure)!

사람이 갑자기 이렇게 죽어가는 경우는 레이나가 알기로 오직 하나였기에 사용한 마법이다.

큐어는 치유를 목적으로 하는 것이지만, 대부분 독으로 인한 문제를 해결하는 데 탁월한 효과를 발휘하는 마법이다.

그나마도 캐스팅이 없는 레이나의 마법이었기에 이렇게

빠르게 사용할 수 있었다.

하지만 큐어가 최무도의 몸에 스며들어 마나의 파동을 일으켰는데도 점점 죽어가고 있다.

"2분……. 제기랄!!"

박진수에 이어 최무도까지 허무하게 죽어버리면 정말 진운은 난감한 상황에 놓일 수밖에 없다.

―힐링(Healing)!

큐어가 듣지 않자 이번에는 힐링까지 사용했지만 최무도는 여전히 미동이 없었다. 레이나도 결국은 포기하고 말았다.

―미안해, 진운.

자신의 마법이 전혀 통하지 않는 것에 레이나가 미안한 표정을 지었다. 진운은 아무것도 할 수가 없었다.

갑자기 죽어가는 사람에게 힐링과 큐어 마법이 모두 통하지 않는다면 진운과 레이나가 예상했던 그 어떤 경우에도 해당하지 않는다는 말이기에 더 이상 해볼 수 있는 게 없다는 것이다.

"10초……."

결국 진운은 눈앞에서 최무도가 죽어가는 것을 지켜볼 수밖에 없었다.

"…0초……."

조금 뒤 진운의 카운트다운이 끝나자 정확하게 최무도의

목에서 느리게 느껴지던 맥도 사라져 버렸다.

최무도의 몸이 차갑게 식어가기 시작했다.

"젠장!!"

쾅!!

진운은 최무도가 죽어버리자 결국 분을 참지 못하고 벽에 주먹을 휘둘렀다.

벽이 허무하게 뚫려 버렸지만 그런 것으로는 지금 끓어오르는 분노를 참기에는 너무나 부족했다.

"바벨의 탑의 능력이 있으면 뭐해!! 제길! 내가 알고 싶은 정보를 알 수 있는 권한이 적은데!!"

쾅!!

다시 주먹을 휘둘러 벽에 또다시 구멍을 내어버린 진운은 거친 숨을 몰아쉬었다.

하지만 그런 진운을 보면서도 레이나는 아무런 말도 할 수가 없었다.

너무나 갑자기 강해진 능력, 그리고 오로지 공격에만 특화되어 버린 진운의 능력은 마스터가 기본적으로 가지고 있어야 하는 마음의 안정이 빠져 버린 상태였다.

본래 진운이 차분하고 조용한 성격이기에 그런 것이 크게 문제가 되진 않았지만 지금처럼 스스로도 어찌하지 못하는 분노를 느꼈을 때는 그걸 그대로 밖으로 표출하지 않으면 스스로가 견디지 못했다.

그때는 오로지 드래곤을 죽이고 탈출하는 게 목표였으니 천천히 정신적인 수양을 시작으로 마스터가 가지고 있어야 하는 모든 것을 진운이 터득할 여유가 없었다.

—진운.

"미안해. 젠장. 하지만 두 번째야. 박진수에 이어 최무도까지……."

두 번이나 놓친 것이다.

가장 확실한 정보를 가지고 있을 만한 녀석이 연달아 죽어버렸다.

박진수야 그래도 참을 만했지만 최무도는 바로 눈앞에서 죽어가는 것을 지켜봤으니 끓어오르는 분노를 주체 못하는 것은 어쩌면 당연했다.

—우선 벗어나자.

진운이 벽에 구멍을 뚫은 것 때문인지 바깥이 웅성거리는 소리가 들렸다.

아파트라서 그런지 지금 저녁시간 때 갑자기 연달아 두 번이나 커다란 충격이 울렸으니 사람들이 몰려들지 않는다면 그게 더 이상할지도 몰랐다.

"가자."

진운은 이제는 완전히 죽어서 입술까지 새파랗게 변한 최무도의 얼굴을 한번 쳐다보고는 애써 고개를 돌려 버렸다.

스윽~

갈 곳은 이미 정해져 있기에 따로 좌표 계산을 할 필요도 없이 진운과 레이나는 그렇게 사라져 버렸고, 진운과 레이나가 사라지고 난 몇 분 뒤,

끼이익.

진운이 부숴놓은 아파트 문이 열리면서 이곳의 경비가 슬쩍 안으로 들어와 살펴보다가 최무도의 시체를 발견하고는 뒤늦게 경찰을 부르고 난리가 났다.

그런데 의외로 아파트에서는 죽은 최무도의 시신을 보고는 안타까워하기보다는 걱정부터 하는 것이다.

"아, 사람이 죽어 나가면 아파트 값 떨어지는데……."

"그러게 말이에요. 저번에도 저쪽 옆 동 애들이 옥상에서 불장난하다가 난리 나서 아파트 값이 떨어졌잖아요. 그런데 여기서 사람이 죽어 나갔으니……."

최무도가 죽었다는 것은 이미 이 아파트 사람들에게는 아무런 감흥도 주지 못했다.

오직 사람이 죽어 나가면 아파트 가격에 문제가 생기는 것만이 이들에게는 걱정거리였다.

Chapter 04
여긴······?

"뭐가 문제일까?"

진운은 집으로 돌아와 소파에 앉아서는 한숨부터 내쉬는데 어깨가 축 처져 있는 모습이다.

분명히 스스로 준비를 많이 했다고 생각했다.

나름 부족한 체술부터 무술을 배웠고, 마스터 기술을 더욱 완벽하게 스스로 가다듬었다고 생각했다.

하지만 막상 아버지의 복수를 위해 움직였지만 무엇 하나 마음대로 되는 게 없다.

처음에 박진수가 죽었을 때도 사실 그렇게 죽을 줄은 진운도 몰랐다. 바벨의 탑에서 나타나는 붉은 표시도 나오지 않았으니 말이다.

그런데 가만히 생각해 보면 바벨의 탑을 이용해서 정보를 얻고 있긴 하지만 그 정보의 제약이 너무나 많다는 것을 이번에 절실히 깨닫게 된 진운이다. 특히나 최무도의 경우 멀쩡하게 걸어서 집으로 들어가는 것을 보고 움직였는데 막상 가보니 죽어가고 있었던 것이다.

레이나의 마법? 아무 소용이 없었다.

진운이 알고 있는 그 어떤 방법으로도 최무도가 깨어나지 않고 그대로 죽어버렸으니 상실감은 박진수 때와 비교할 수조차 없을 정도다.

그리고 그런 상실감은 진운뿐만이 아니었다.

레이나도 자신의 마법이 전혀 통하지 않는 것에 지금 머릿속으로 고민하고 있었다.

물론 성격상 진운처럼 감정을 드러내진 않지만 레이나도 어느 정도 충격을 받은 것은 사실이니 말이다.

집으로 돌아오긴 했지만 그 분위기는 마치 심해 깊은 곳에 들어와 있는 것처럼 무겁기만 했다.

"역시 경험인가?"

한참 동안 생각하고 또 생각해 봤지만 진운은 역시나 현재 자신에게 부족한 것은 경험이라는 판단을 내렸다.

　―맞아. 진운에게 지금 필요하지만 가장 얻기 힘든 것이 바로 경험이야.

　레이나도 그런 진운의 말에 날카롭게 꼬집듯 대답했다.

　"하지만 더 이상 어떻게 경험을 쌓으라는 거야."

　진운도 스스로 생각해서 자신이 뭐가 부족한지 느낄 정도면 현재 경험 부족이 가장 큰 약점이라는 말인데, 문제는 그걸 어디서 채우느냐 하는 것이다.

　상대는 국가기관이다.

　아무리 진운이 바벨의 탑에서 정보를 끄집어낼 수 있다지만 그것은 수박 겉 핥기에 불과했다.

　원하는 정보를 바벨의 탑이 툭 하고 뱉어내는 것도 아니고 진운이 노력해서 정확한 키워드를 가지고 검색하지 않으면 절대로 찾지 못할 만큼 지금 진운의 권한은 낮다고 할 수 있었다.

　물론 일반적인 경우라면 이런 바벨의 탑의 능력으로도 얼마든지 뭔가를 할 수 있겠지만 진운은 돈을 벌겠다는 욕심도, 뭔가 자신의 이름을 떨치겠다는 명예욕도 없었다.

　오로지 아버지를 죽인 녀석들을 찾아서 복수하고 싶다는 생각뿐이다.

　문제는 그 상대가 국가기관이고, 진운이 바벨의 탑에서 원하는 정보는 현재 자신이 가지고 있는 권한을 넘어서는 것이 문제인 것이다.

　—…….

레이나도 사실 진운이 말한 경험만큼은 어떻게 해결할 방법이 없었다.

이건 스스로 겪고 느껴야 하는 것인데 진운은 시작부터 편법에 의존해서 강해진 경우라 어디서부터 어떻게 해야 할지 레이나도 난감한 것이다.

레이나의 맞춤 수련과 진운의 깨달음이라는 운이 닿아서 마스터에 올라 드래곤을 죽이긴 했지만 엄연히 편법이었다.

수련이라는 모든 단계를 거치지 않고 굵은 것만 집중적으로 수련했으니 말이다.

그리고 그 결과가 지금 진운에게 나타나고 있는 것이다.

자신의 능력으로 해결하지 못하는 상황이 벌어지자 혼란이 와버렸다.

마나를 사용하고, 마나를 이용해서 인간의 능력을 벗어난 초인, 그게 마스터이지만 정신적으로 성숙이 되지 않은 진운의 약점이 지금 가장 크게 나타났다.

거기다 지금 지구의 상황으로는 진운이 경험을 얻을 만한 곳도 없었다.

진운에게 필요한 것은 정신적인 성숙인데, 문물이 발달하고 과학이 발달한 지구에서는 그런 경험을 얻을 수 있는 환경

자체가 전무하다시피 했고, 무엇보다 진운이 아버지의 복수를 향한 마음 때문에 돌아볼 여유가 없기도 했다.

─진운.

레이나는 진운의 안타까운 마음을 이해하지만 현재 자신이 해줄 수 있는 것은 그저 지켜보는 것뿐이다.

찌이잉!

"……?"

진운이 고개를 숙이고 한숨을 쉬고 있는 그때 갑자기 진운의 손에 끼어 있는 반지 게티아가 진동했다.

─진운?

울상이 되어 있던 진운의 표정이 일순간 변하자 레이나도 궁금한지 진운을 불렀다.

그 순간 게티아에서 번쩍하고 커다란 섬광이 터졌다. 일순 그 섬광이 두 사람의 시야를 집어삼켰다.

눈이 부셔 고개를 돌렸던 진운이 빛이 사라짐을 느끼고 다시 반지를 보았다.

반지는 평소에는 보지 못했던 투명한 빛을 머금고 있었다.

"이건 뭐야?"

솔로몬 왕이 남긴 마법서에도 쓰어 있지 않는 현상에 진운이 당황하자 레이나가 진운의 곁으로 다가왔다.

레이나가 진운의 곁으로 가서 팔을 잡는 순간,

쩌거억, 쩌걱!

갑자기 진운과 레이나가 서 있던 주변의 공간이 금이 가기 시작하더니,

후두두둑.

유리 파편이 부서져 내리듯 사라져 버리고는 시커먼 공간만 남아버렸다.

―진운, 이건 도대체…….

레이나도 처음 겪는 상황에 당황했는지 진운의 팔을 잡고 있던 손에 힘이 들어갔다.

찌이잉!

어둠만 남아 있는 공간에 유일한 빛이라면 진운의 손에 끼어진 게이타가 뿜어내는 빛이었다.

워낙에 작은 빛이고 볼품없는 것이지만 어둠만이 가득한 곳이라 그런지 유독 게티아의 빛이 강하게 느껴졌다.

스르륵.

진운이 당황하고 있는 사이에 게티아를 끼고 있던 손이 저절로 움직여 허공을 향해 뻗더니,

쩌걱!

마치 무언가로 때린 듯 어둠만 가득한 이 공간에 정확하게 진운이 손이 향한, 아니, 게티아의 빛이 닿은 곳의 어둠이 부서지기 시작했다.

쩌거어억, 쩌걱!

촤아악!!

진운은 게티아의 빛이 어둠의 공간을 때려 강제로 뜯어내는 것 같은 느낌을 진운은 받았다.

진운의 눈앞에 어둠이 완전히 사라졌다. 그곳에서 나타난 것이 시선을 잡아끌었다.

"같아. 바벨의 탑으로 들어가는 입구와 똑같아."

그것은 분명 전에 보았던, 바벨의 탑으로 들어가는 입구와 같은 모습이었다.

진훈은 갑작스레 나타난 어둠과, 그 어둠을 물리치고 나타난 입구에 당황한 것도 잠시, 알게 모르게 생겨난 확신으로 레이나의 허리를 강하게 껴안고는 입구로 뛰어들었다.

*　　　*　　　*

"끄으윽……."

부스럭.

얼굴에 느껴지는 따끔거리는 감촉에 진운이 힘겹게 눈을 떠보니 푸른빛의 하늘과 하얀 구름이 보였다.

"바벨의 탑으로 가는 입구가 아니었나?"

사실 바벨의 탑으로 꼭 가지 않아도 우선 그 어둠의 공간에서 탈출한다면 어디든 크게 상관이 없던 진운은 굳이 바벨의 탑 안이 아니라서 실망하거나 하진 않았다.

그런데 눈을 뜨고 일어나 주변을 살펴보고는 잠시 생각에 잠길 수밖에 없었다.

"여긴 어디지?"

일어나 주변을 살펴본 진운이 가장 먼저 한 말로, 주변에 보이는 것은 높이만도 10m는 가볍게 넘어 보이는 나무와 진운의 키만큼 큰 잎을 가진 식물, 아주 이상한 모양의 풀도 있었다.

거기다 결정적으로 진운이 이곳이 어디인지 궁금하게 만든 것은 바로 하늘에 떠 있는 것 때문이었는데,

"태양과 달이 동시에 떠 있다니……."

일반적으로 태양의 빛이 강하기에 달이 보이지 않아야 한다.

하지만 지금은 태양 바로 옆으로 커다란 반달 모양의 달이 선명하게 보였다.

옆을 내려다보니 레이나는 아직도 정신을 잃었는지 깨어나지 못하고 있었는데 특별하게 어디가 아프거나 겉으로 보이는 외상은 없어 보였기에 우선은 기다리기로 했다.

끼이이익!

"……?"

레이나를 잠시 살펴보던 진운은 하늘을 찢어놓을 듯한 커다란 울음소리에 고개를 들어보고는 그대로 굳어버렸다.

"……."

커다란 날개는 마치 여객기를 보는 듯했고 검은 몸체는 잠수함이 날아다니는 것으로 착각할 만큼 단단해 보였다.

하지만 마나로 시력을 극도로 높인 진운의 눈으로 확인하고 굳어버린 이유는 바로 녀석의 머리와 커다란 발톱이다.

"설마… 아닐 거야. 아니겠지."

마치 공룡을 연상시키는 듯 길쭉한 부리와 함께 머리 뒤쪽으로 뾰족하게 솟아난 뿔 모양, 시력을 높이긴 했지만 코끼리도 낚아챌 만큼 커다랗고 날카로운 발톱을 보는 순간 진운의 머릿속에 지금 자신이 보는 것과 비슷하다 못해 너무나 똑같은 무언가가 떠올랐다.

"아닐 거야. 저건 내가 아는 와이번이 아닐 거야."

진운은 애써 자신이 본 것을 부정하면서 고개를 흔들었다.

끼이이익!!

하늘을 찢어놓을 듯한, 와이번을 닮은 녀석의 울음소리는 진운의 귀를 심하게 자극해 왔다.

번쩍!

그때 두 번째 와이번을 닮은 녀석의 울음소리 때문일까?

갑자기 레이나가 눈을 뜨더니 그대로 일어섰다.

그리고는 양손을 하늘로 향하더니,

―하이드(Hide)!

라고 외쳤고, 곧 레이나의 마법진이 움직이더니 진운과 레이나의 몸의 색이 점점 변해갔다.

마치 카멜레온이 자신의 몸의 색을 바꿔서 주변과 동화되어 몸을 숨기듯 진운과 레이나의 몸이 순식간에 주변의 풀과 나무에 스며들 듯 동화되어 버렸다.

"이건… 뭐……?"

진운이 레이나에게 물으려는 순간,

―쉿!

레이나는 조용히 손가락을 입으로 가져다 대면서 조용하라는 제스처와 함께 시선을 다시 하늘에 떠 있는 와이번을 닮은 녀석에게 집중하기 시작했다.

끼이이익!!

마치 무언가를 찾는 듯 주변을 몇 번 선회하던 녀석이 진운의 눈에도 보이지 않을 만큼 멀리 가기까지는 대략 30분 정도의 시간이 걸렸다.

―휴…….

와이번을 닮은 녀석이 완전히 사라지자,

딱!

레이나가 손가락을 튕겨서 마법을 해제했고,

스윽!

순식간에 본래의 모습으로 돌아왔다.

―엘프들이 사용하는 마법이야. 숲에 몸을 숨기는 데는 이 것만큼 빠르고 편한 게 없거든.

"그래, 그보다 아까 그건……."

―와이번이야.

"……."

진운은 설마 아니길 바랐던 것을 레이나의 입을 통해 듣게 되자 한숨을 내쉬었다.

"농담은 아니겠지?"

사실 직접 진운도 눈으로 보고 귀로 들었으니 굳이 물을 필 요는 없었지만 잠깐 현실을 도피하고 싶은 마음에 물어본 것 이다.

하지만 레이나는 그런 진운의 마음을 가차없이 깔아뭉개 면서,

―엘프는 거짓을 말하지 않는 거 알잖아. 그리고 돌아왔 어.

레이나는 잠시 주변을 살펴보더니 입가에 미소를 지으면 서,

―돌아왔어. 내 고향으로.

"그럼 여기가 레이나 너의 고향이란 말이야?"

─맞아. 하늘에 떠 있는 태양과 달, 그리고 조금 전에 봤던 와이번까지. 무엇보다 마나가 이곳이 내가 살던 곳이란 것을 증명하고 있거든.

"그럼… 그때 그게 차원 이동이었군."

사실 바벨의 탑 자체가 차원 이동을 위한 중간 다리 역할을 한다는 것을 익히 알고 있기에 갑자기 진운과 레이나가 지구가 아닌 레이나가 살던 곳으로 이동했다는 것은 크게 놀랍지 않았다. 이미 그런 놀람은 예전에 익숙해져 버렸으니 말이다.

하지만 왜, 어째서, 무엇 때문에 갑자기 이곳으로 왔느냐가 지금 진운의 머릿속을 복잡하고 하고 있는 것이다.

─진운?

"응? 아니… 갑자기 왜 이곳을 왔는지 이해가 가지 않아서 말이야."

분명히 차원 마법은 현재 진운의 권한으로는 열람은커녕 검색조차 불가능하다고 바벨의 탑에서 나왔다.

그런데 갑자기 집에서 레이나와 같이 차원이동을 하다니, 이건 전혀 예상 밖의 일이라 아무리 생각해도 어떤 원인으로 이렇게 된 것인지 이유를 알 수가 없었다.

레이나도 현재 진운이 뭔가 혼란을 겪고 있다는 것을 알고는 우선 생각하느라 정신없는 진운의 곁에 조용히 서 있었다.

진운이야 당황스러울지 몰라도 레이나는 지금 하늘로 뛰

어오르라면 당장에라도 뛰어오를 만큼 기분이 좋은 상태였던 것이다.

그토록 기다리던 고향으로 돌아왔다.

사실 진운의 권한이 낮아서 차원 마법에 관한 그 어떤 것도 불가능하다는 것을 알았을 때 레이나는 고향으로 돌아가는 것을 포기한 상태였다.

사실 바벨의 탑에서 혼자 마족과 싸우면서 탑을 정복할 때도 레이나는 차라리 이곳에서 싸우다 죽겠다는 각오로 지냈다.

그런데 역시나 살아만 있다면 언젠가는 원하는 바를 이룰 수 있다는 장로의 말이 맞는지 레이나는 결국 돌아온 것이다.

"…모르겠다."

거의 진운은 몇 시간 동안 일어섰다가 걷다가 또 앉았다가를 반복하면서 혼자 골똘히 생각했지만 결론은 '모르겠다' 뿐이었다.

오히려 생각을 너무 오래해서 그런지 머리만 지끈거려 왔다.

―진운.

"응."

―돌아갈 수 있을 거야.

진운은 무조건 다시 지구로 돌아가야 한다는 것을 레이나

가 더 잘 알고 있기에 한마디 하자 진운은 웃으면서 고개를
끄덕였다.

"괜찮아. 그리고 뭐 어쩔 수 없지. 와버린 걸. 내가 원하진
않았지만."

진운은 말을 하면서 자신의 손에 끼어 있는 반지 모양의 게
티아가 평소의 평범한 반지로 돌아와 있는 모습에 한숨을 쉬
고는,

"레이나."

ㅡ응?

"네가 지구에서 느꼈을 기분이 이랬겠네."

ㅡ응, 완전히 다른 차원에 떨어진다는 거, 생각보다 힘들더
라.

"그러게. 막막하긴 하다."

뜬금없이 떨어진 곳이긴 하지만 그나마 레이나의 고향이
라는 말에 진운은 어느 정도는 안심을 하고 있었다.

혹시 레이나도 모르고 진운도 모르는 완전히 다른 차원으
로 이동했다면 진짜 난감했을 테니 말이다.

지구에서는 진운이 레이나에게 도움이 되었다면, 이곳에
서는 레이나가 진운의 도움이 되어야 하는 상황이었다.

"레이나."

ㅡ응?

"고향 마을로 가려면 어디로 가야 해?"

이왕 온 곳이라면 레이나가 살던 마을로 가보는 것이 우선해야 할 일이라는 생각에 진운이 물어보자 레이나는 잠시 주변을 둘러보다가 미간을 조금 찌푸리면서,

―어디로 가야 할지 아직은 잘 모르겠어. 우선 숲을 벗어나서 인간이 사는 마을로 가봐야 해. 그래야 대충 어딘지 알 수 있거든.

"그래?"

확실히 지구와는 달라도 너무나 다른 환경이긴 했다.

지구라면 전화 한 통이면 끝나거나 외국이라도 마음만 먹으면 어딘지 금방 알 수 있을 만큼 문명과 통신이 발달했지만 이곳은 지도조차도 정확하지 않은 곳이라고 한다.

하지만 2제국, 8왕국으로 이뤄진 이곳은 지구의 옛날 중세 시대와 비슷한 구조를 가지고 있다는 말을 듣기는 했다.

물론 게티아를 어떻게 해서든 다시 번쩍이게 해서 지구로 돌아가려고 했지만 그런 진운의 노력을 비웃기라도 하듯 게티아는 묵묵부답이었다.

"몬스터지, 저거?"

몇 시간이나 걸었을까?

진운의 앞에 모습을 드러낸 녀석을 본 뒤 레이나에게 물어보자,

─놀(Gnoll)이라고 해.

"놀? 어째 판타지 소설이 허구만은 아닌 것 같다."

와이번도 그렇고 지금 진운과 레이나 앞을 막아선, 온몸이 황색 털에 검은 점박이 털을 가진, 두 발로 걸어 다니는 개를 보는 듯한 놀을 보고 있으니 마치 판타지 소설을 쓴 사람이 이곳을 다녀갔다는 착각을 불러일으켰다.

오죽하면 이곳에 처음 온 진운이 한눈에 녀석을 보고 '놀'이라는 이름을 생각했겠는가. 그 정도니 더 이상 설명은 필요 없었다.

거기다 녹슨 칼과 창을 들고 어설프게 투구까지 쓰고 있는 녀석도 있는 것을 보니 나름 지능이 있는 것 같았다.

─그런데… 보통 5~60마리가 한꺼번에 움직이는데 비해 이 녀석들은 너무 적어.

지금 진운과 레이나의 앞을 가로막은 놀은 겨우 열두 마리였다.

놀은 늑대와 비슷한 습성을 가지고 있다고 하는 레이나의 말에 집단생활을 하는 건 확실했다.

거기다 놀은 개별적으로 몬스터 분류에서 가장 하위에 있을 만큼 낮은 등급의 몬스터다.

일반적으로 성인이 된 사람이 칼만 들고 있으면 일대일로 붙어서 결코 지지 않는 몬스터가 바로 놀이라고 하니 얼마나

약한지는 생각할 필요도 없을 것이다.

하지만 이 녀석들이 집단으로 움직인다는 게 문제였다.

한 마리만 놓고 보면 몬스터 중에서 토끼에 해당할 만큼 약한 녀석이지만 그것도 수십 마리가 몰려다니면 상황이 완전히 달라진다.

특히나 놀은 지휘하는 대장 놀의 명령에 따라 일사불란하게 움직이기로 유명하기에 이곳을 여행하는 여행자들은 오우거나 오크 등 나름 등급이 높은 몬스터보다 놀을 더 위험하게 생각한다고 한다.

특히나 개를 닮아서인지 냄새를 기가 차게 잘 맡는다. 수십 키로미터 뒤에서도 냄새로 끈질기게 추적해 사냥감이 지쳐 쓰러질 때까지 집요하게 뒤쫓는 습성을 가지고 있기에 여행자나 용병들은 놀을 보면 무조건 죽였다.

도망치는 한 마리라도 가능하면 모두 전멸시키는 게 하나의 규칙일 정도로 말이다.

―무리에서 떨어진 녀석들이야.

레이나가 평소 적게는 5~60마리, 많게는 100마리도 넘게 움직이는 놀이 겨우 열두 마리만 움직이는 것은 뻔하다는 듯 한마디 하자,

"죽여야 하나?"

―놀은 집요해. 그리고 이곳에서 놀은 무조건 보이면 다 죽

이는 게 하나의 규칙이야.

스르렁!

진운은 레이나의 말이 아니라도 입에 침을 흘리면서 다가오는 녀석들을 보고는 살려줄 생각이 없었다.

특히나 목표물이 지쳐서 쓰러질 때까지 멀리서 냄새로 추적한다는 말 때문에 더욱 살려둘 수가 없었다.

"내가? 아니면……."

진운이 지금 눈앞에 놀을 보면서 누가 나설 건지 물어보자 레이나는 팔짱을 끼면서,

ー난 별로 내키지 않아.

"훗. 그래, 그럼 어쩔 수 없지."

레이나가 일부러 뒤로 물러났다는 것을 알고 진운은 웃으면서 앞으로 나섰다.

크르룽!!　크룽!!

녀석들도 진운이 앞으로 나서자 멈칫거렸다.

칼을 뽑기 전까지는 한없이 약하게 느껴진 진운이 롱소드를 뽑아 든 순간 그 기도가 완전히 바뀌었다는 것을 본능적으로 느꼈기 때문이다.

진운은 호흡법을 아직 무의식적으로 활용하는 단계가 아니었다. 특히나 편법으로 강해지다 보니 검을 들어야만 호흡법을 사용할 만큼 제한적이었던 것이다.

레이나도 엘프이긴 하지만 하이엘프들은 인간들과 섞여서 싸울 수 있게 엘프 특유의 특징이 거의 없는 편이라 놀이 보기에 진운과 레이나는 이 숲에서 길 잃은 맛 좋은 먹잇감에 불과했다.

그런데,

"그럼… 어디 이곳에 와서 처음으로 힘을 써볼까?"

인간이 아니라 그런지, 아니면 몬스터라는 고정관념 때문인지 진운은 놀을 상대로 죽인다는 것에 크게 흔들림이 없었다.

크아아앙!!

진운의 입가에 미소가 번지자 놀들이 일제히 진운을 향해 뛰어들었다.

집단생활로 먹이를 사냥할 때 가능하면 많은 무리가 달려드는 게 성공 확률이 높다는 것을 본능적으로 알고 있는 놀이 진운을 향해 열두 마리가 일제히 달려든다는 것은 당연했다.

하지만 상대가 진운이기에 그런 녀석들의 선택은 오히려 빠른 죽음의 선택에 불과했다.

사사삭!! 사각!!

휘릭!!

열두 마리의 놀이 녹슨 칼과 창, 거기다 놀 특유의 날카로

운 이빨과 발톱까지 세워서 달려들었다. 일반적인 여행객이
라면 놀라서 그 자리에서 기절할 모습이었다.

하지만 진운은 가까이 올 때까지 롱소드를 늘어뜨린 상태
그대로였다.

씨익~

그렇게 기다리던 진운은 정확하게 롱소드의 검격 안으로
놀들이 들어오자 거짓말처럼 사라져 버렸다.

서걱!

그리고 들리는 둔탁한 뼈를 자르는 소리와,

푸악!

혈관이 터지면서 사방으로 피를 뿌리는 소리뿐이었다.

투두둑, 투투툭!

진운을 향해 달려들던 열두 마리의 놀은 진운의 옷자락 하
나 건드려 보지 못하고 수십 조각의 고기로 변해서 바닥으로
떨어졌다.

하지만 진운의 옷자락에는 피 한 방울 튀지 않았다.

—진운, 생각 이상이야.

레이나는 진운이 겨우 놀 열두 마리를 상대로 다치거나 하
진 않겠지만 그래도 지금처럼 이렇게 일순간에 토막 낼 것이
라고는 전혀 예상하지 못한 듯 많이 놀라워했다.

하지만 진운의 표정은 오히려 담담했다.

"이곳은 나를 제약하는 것이 없으니까."

─그렇구나.

레이나는 진운의 말을 듣고는 지구와 이곳의 다른 점을 확실히 진운이 파악하고 있다고 느꼈다.

지구에서는 진운에게 걸리는 게 많았다. 신분이나 지켜야 할 사람도 있고, 알게 모르게 법이라는 규율 안에서 움직여야 했다.

하다못해 상대를 때리는 것도 뒷감당을 생각하고 움직여야 할 만큼 복잡한 곳이었다.

하지만 이곳은 단순했다.

몬스터는 죽인다. 나를 죽이려는 적도 죽인다. 무엇보다 강자가 이곳에서는 무조건 갑이었다.

그리고 약자는 무조건 을이었다.

갑과 을이 정확하게 나뉘는 이곳은 어쩌면 그동안 진운이 은연중에 가지고 있던 힘의 제약을 풀게 만든 것이다.

무엇보다 이곳은 진운에게 집이 아닌, 전혀 다른 곳이었다.

즉, 떠날 사람이라는 것이다.

적당한 무력은 오히려 이곳에서 살아가는 데 도움이 되면 되었지 절대로 해가 되지 않는 것도 지금 진운의 능력을 끌어내는 이유일지도 몰랐다.

지구에서는 너무나 강한 힘이 있어도 복잡한 반면, 이곳은 강하면 강할수록 편했다.

거기다 진운은 이미 판타지 소설을 통해서 간접적으로나마 이곳에 대한 경험을 했기에 와이번을 보고도 놀라긴 했지만 당황하진 않았던 것이다.

거기다 레이나가 있다는 것도 어느 정도 안정을 하는 데 많은 도움이 되긴 했다.

하지만 그런 이유를 빼고서라도 레이나가 놀란 것은 바로 진운의 무력이었다.

그동안 진운은 무의식 중에 아무리 강한 힘이 있어도 적당히 써야 한다는 압박감이 있었다. 그런데 그런 압박감이 사라져 버린 것 때문인지, 아직 방어적인 측면에서는 미숙한 것이 조금은 레이나의 눈에도 보였지만 공격적인 능력은 놀라울 정도였다.

솔직히 레이나도 방금 놀을 베어버릴 때 진운의 움직임을 보지 못했을 정도다.

놀을 향해 검을 휘두르기 전에 보인 웃음과 고기 조각이 되어 땅에 떨어진 뒤에 나타난 진운의 모습이 레이나가 본 전부였다.

"가자."

—응.

이미 죽을 고비를 몇 번 넘긴 진운이기에 이 정도에 허둥대지는 않으리라는 것을 알고 있는 레이나지만 이렇게 빠르게 적응할 줄은 몰랐다.

탁탁!!

레이나가 방향만 알려주면 진운이 앞장서서 나무고 뭐고 가로막는 것은 베어 넘기면서 길을 만드는데 그 속도가 평지를 걷는 것과 다를 바가 없었다.

"드디어 나왔네."

진운은 나무면 나무, 풀이면 풀, 몬스터면 몬스터, 무엇이든 길을 가로막는 것은 모조리 베어버리면서 한참을 움직인 끝에 결국 숲의 끝에 다다랐다.

그런데 숲을 벗어났다는 진운의 기쁨도 잠시였다.

"이번에는 평야구만."

제법 높은 언덕에 있는 진운이지만 아무리 봐도 끝이 보이지 않는 평야가 드리워진 것을 보면 도대체 이곳은 땅이 얼마나 넓은지 상상이 가질 않았다.

물론 호주를 가본 사람들은 호주의 평지를 보면 끝이 보이지 않는다고 하는 사람들도 있었지만 이곳은 그것과 조금 달랐다.

황폐한 사막이 대부분인 호주와 달리 이곳은 커다란 갈대가 넘실거리는 평야였다.

물론 끝이 보이지 않는 평야.

─상인이라도 만나면 편한데…….

"상인?"

레이나의 말에 진운은 순간 판타지 소설에 단골손님으로 등장하던 상인과 용병이 떠올랐다.

"혹시 용병들이 보호하고 물건 팔러 다니는 그런 사람?"

─응. 잘 아네?

레이나는 진운이 의외로 자신이 생각한 것 이상으로 많은 지식이 있다는 것에 놀라고 있었다.

거기다 처음 와이번을 봤을 때도 진운은 놀라거나 당황한 것이 아니라 마치 애써 사실을 부정하려는 듯한 표정이었던 것까지 생각하면 순간이지만 레이나는 진운이 혹시 이곳에 와본 적이 있는 것이 아닐까 하는 생각마저 들었다.

─진운.

"응?"

─혹시 이곳에 와본 적 있어?

"아니. 처음이야."

거짓이 없는 진운의 말투와 눈동자에서 레이나는 오히려 더 당황했다.

─그런데 어떻게 이렇게 잘 알고 있는 거야? 지금 진운을 보면 마치 예전에 이곳을 왔다가 다시 찾아온 여행자 같은 느낌이야.

"후후훗, 여행자? 그건 아니야. 그냥… 말하면 믿어주려나?"

―말해봐. 내가 진운의 말을 믿지 못할 일은 없으니까.

서로 등을 맡길 만큼 믿음이 깊은 동료였기에 레이나는 진운의 말을 전적으로 믿는 편이었다.

물론 진실을 가려내는 엘프 특유의 눈동자가 능력을 발휘하긴 하지만 지금까지 진운이 레이나에게 거짓을 말한 적은 없었다.

"책에서 읽었어."

―책?

레이나는 전혀 뜻밖의 말에 진운의 눈동자를 가만히 바라보다가 고개를 흔들면서,

―말도 안 돼. 차원 너머의 일을 책으로 읽었다니…….

대륙의 역사를 보더라도 차원을 넘어온 이방인은 진운이 아마 처음일 것이다.

그만큼 차원 마법의 레벨이 높을 뿐 아니라 드래곤 조차도 자신의 생명을 걸고 실험을 해야 할 만큼 고차원의 마법이다.

그런데 마법이라고는 눈 씻고 찾아봐도 없는 지구에서 온 진운이 소설을 읽고 이미 간접 경험을 한 상태라는 말을 쉽게 믿을 수 없었다.

레이나도 지구의 환경에 적응하는 데 제법 많은 노력이 들

였기에 진운의 평온한 모습은 더욱 믿을 수가 없었다.

하지만 아니라고 하기에도 문제인 것이, 진운이 너무 잘 알고 있다는 것이다.

사실 레이나는 깨어나서 자신의 고향이라는 것을 알았을 때 앞으로 진운에게 많은 것을 가르쳐야겠다고 속으로 다짐한 상태였다.

그런데 이건 가르칠 게 없다고 해도 과언이 아닐 만큼 알고 있는 지식이 많았기에 진운이 질문을 하면 레이나는 설명해 주는 게 아니라 맞는지 틀리는지만 알려주면 되었다.

그러면서도 한편으로는 지구의 소설가들이 무섭다는 생각을 하는 레이나였다.

―도대체 상상력이 얼마나 대단하길래… 한 번도 와보지 못한 차원 너머의 이곳을 배경으로 소설을 쓴다는 건지…….

지금까지 레이나는 엘프가 인간보다 위대하다는 믿음이 강했다.

그러기에 진운을 처음 대할 때도 아랫것을 대하듯 했던 것이다.

물론 지금이야 동료이기도 하지만 레이나와 시선을 나란히 할 만큼 진운이 능력을 가지고 있기도 했다.

하지만 지금 진운의 말을 들어보면 지구는 무서운 곳이

었다.

차원의 벽을 넘어야 하는 이곳을 재료로, 상상력만으로 소설을 쓰다니 말이다.

씨익~

진운은 혼자서 온갖 상상의 나래를 펼치고 있는 레이나의 모습에 가볍게 미소를 지어 보이고는 걸음을 옮겼다.

"걸어야지. 부지런히 가도 마을에 닿을 수 없다면서."

─응.

앞서 걸어가는 진운의 모습에 레이나는 만약에 진운을 따라 다시 지구로 가게 된다면 기필코 판타지 소설이라는 것을 읽어보리라고 결심했다.

진운이 저 정도로 간접 경험을 했을 정도면 소설의 퀄리티가 상당히 높다는 것이고, 그만큼 레이나에게도 간접적으로 많은 도움이 될 것이 분명하기 때문이다.

그리고 이제야 레이나는 진운이 처음 자신이 엘프라고 밝혔을 때 왜 그리 놀라면서 엘프 특유의 특징을 알고 있는지도 이해가 되었다.

그때야 경황이 없고 지구에도 엘프가 있구나 하는 생각으로 대충 넘겼지만 지금 생각해 보면 그것도 모두 판타지 소설이라는 것으로 간접 경험을 했기 때문에 진운이 알고 있었던 것이라는 것을 이제야 알게 된 레이나였다.

─무서워. 지구의 소설가라는 인간들은.

인간의 가장 큰 무기가 상상력이라는 말을 듣긴 했지만 처음으로 피부에 와 닿을 만큼 레이나는 인간의 상상력에 무서움을 느끼게 되었다.

Chapter
05
갑작스럽지만

“벌써 밤인가.”

숲을 벗어날 때도 크게 무리하진 않았다.

그리고 평야에 들어서서도 진운과 레이나는 이미 스스로 이룬 경지가 워낙 높았기에 피로를 느끼거나 위협을 느끼지도 않았다.

하지만 아무리 절대 초인이고 마법을 자신만의 경지로 이룬 엘프일지라도 결코 피해갈 수 없는 문제가 있었으니……

꼬르르륵.

"그러고 보니 오늘 하루 종일 아무것도 안 먹었네."

집에서 편안한 옷차림을 한 채로 그대로 차원 이동을 했던 진운과 레이나는 숲을 빠져나와 평야를 걸으면서 몬스터를 상대로 전투도 하고 거기다 쉬지 않고 걷기도 했지만 먹은 것은 물 한 모금도 없었던 것이다.

물론 엘프는 숲의 종족답게 갈증 정도는 2~3일은 걱정할 필요도 없었다.

진운도 마나가 충만한 이곳에서 잠깐의 호흡법으로도 움직이는 데 크게 지장은 없었지만 마나가 몸을 움직이는 영양소를 대신해 줄 수는 없는 상황인지라 배고픔은 어쩔 수가 없었다.

"어떻게 야생동물 한 마리 보이지 않는 거지?"

진운은 숲이라면 몬스터가 많아서 야생동물이 없다는 것을 어느 정도 이해했다.

야생에서 포식자의 위치를 보면 몬스터만큼 무서운 게 없으니 동물이 숲에서 씨가 마르는 것은 어쩌면 당연했다.

늑대처럼 생긴 놀만 해도 수십 마리가 몰려다니는 이곳이니 말이다.

하지만 평야라면 그래도 어느 정도 동물이 있지 않을까 했던 일말의 기대는 수 시간을 평야를 걸어본 후 깨끗이 사라졌다.

진운의 눈에 보이는 건 하늘이요, 흔들리는 건 갈대라는 말밖에 나오지 않았다.

─여기가 대충 어딘지 알 것 같아.

"그래?"

해가 완전히 떨어져 어둠이 가득 깔린 평야를 걷고 있는 진운에게 레이나의 말은 흥미를 끌기에 충분했다.

─우리가 빠져나온 숲은 마물의 숲이야. 그리고 지금 우리가 걷는 평야는 절망의 평야가 확실해.

"마물의 숲… 절망의 평야?"

─응, 다른 숲에서도 몬스터가 자주 나타나서 확신이 없었는데, 이곳 평야를 걸어보니 확신이 들어.

"어째서?"

─대륙의 평야지대 중에 물이 없는 평야는 절망의 평야가 유일하거든.

"물… 하긴 벌써 수십 킬로미터는 걸었는데 물은 구경도 못해봤으니……."

하지만 레이나의 말과 달리 이곳에는 갈대가 가득했다. 그리고 갈대는 습한 땅에서 잘 자라는 식물이다.

하지만 진운이 몇 시간 동안 평야를 걸어보니 땅은 마치 바싹 마른 논바닥을 보는 것처럼 거칠고 심하게 균열이 가 있는 상태였다.

　일반적인 지구의 상식으로는 도저히 이곳에는 평야를 가득 채울 만큼의 갈대가 자란다는 것 자체가 불가능했다.

　하지만 어찌 된 일인지 지금도 진운은 롱소드로 갈대를 베어 넘기면서 평야를 지나가고 있는 중이다.

　"그리고 그 말은… 최대한 이곳을 빨리 빠져나가지 않는다면 난 목말라 죽을지도 모른다는 말이네."

　―그렇긴 해. 하지만…….

　진운의 말에 싱긋 웃음을 보이던 레이나는 양손을 하늘을 향해 뻗더니,

　―아쿠아 볼(Aqua ball)!

　이라는 마법을 사용하자,

　출렁～

　레이나의 양손 위로 물이 생기더니 마치 보이지 않고 투명한 둥근 그릇에 물이 차오르듯 물의 양이 늘어나더니 곧 축구공만 한 물의 공을 만들었다.

　"죽진 않겠네."

　―후후훗.

　너무나 간단하게 마법으로 해결해 버린 레이나의 도움으로 진운은 배고픔은 어쩔 수 없지만 최소한 물 때문에 죽을

일은 없어져 버렸다.

그리고 나중에 안 사실이지만 엘프는 물만 먹어도 몇 달은 살 수 있다는 것에 약간은 힘이 빠진 진운이다.

아무튼 거의 잠도 자지 않고 강행군을 한 덕분인지 진운과 레이나가 사람이 사는 마을에 도착한 것은 숲에 떨어지고 나서 일주일이나 흐른 뒤였다.

하지만 마을에 들어서자마자 진운은 또다시 난관에 부딪쳤는데,

"바얼바버캉러 버바얼 마어버랑."

"뭐라는 거야?"

마을 입구에 들어서는 순간 사람들이 떠드는 말을 듣고는 벙어리가 되어버렸다.

반면 레이나는 능숙하게 이곳저곳 진운을 끌고 다니면서 물어보더니 금방 여관이라는 곳으로 데리고 가는 것이다.

"레이나, 지금까지 한국말 했지?"

―응.

그러고 보니 레이나는 지금까지 한국말을 너무나 능숙하게 했던 것이다.

레이나가 한국말 하는 것이 너무나 당연하다고 생각했던 진운은 이곳에 와서야 레이나가 한국말을 능숙하게 하는 것

이 얼마나 대단한 건지 뼈저리게 느끼게 되었다.

지구에서도 다른 나라를 갔을 때 언어를 모르면 바보가 되는 판에, 차원 너머 완전 다른 세계의 언어가 통할 리 없다는 것을 잠시 잊어버린 것이다.

그런데 그런 진운을 바라보는 레이나는 진운을 향해 다가오더니,

ㅡ진운, 이곳 공용어 배우고 싶지 않아?

"……"

물론 배우고 싶다.

하지만 진운이 지금 대답을 망설이는 이유는 바로 레이나가 자신을 향해 지어 보이는 웃음 때문이었다.

너무나 환하게 웃어서 주위 남자들의 시선이 집중되긴 했지만 진운의 눈에는 마치 기다렸다는 듯 지어 보이는 계획된 웃음으로 보였던 것이다.

진운도 나름 편법이긴 하지만 마스터이다 보니 본능적으로 레이나의 의중을 느끼긴 했다.

떨떠름하긴 하지만 이곳에서 현재 칼자루를 쥔 것은 레이나였다. 자신은 배워야 하는 입장이고 말이다.

자신의 손에 끼어 있는 게티아가 어떤 원리로, 그리고 어떤 원인으로 다시 차원의 문을 여는지 모르는 이상 이곳에서 한동안 생활해야 되니 레이나가 말한 공용어는 필수로 익힐 수

밖에 없었다.

"알았어. 배우고 싶어."

진운이 마지못해 허락했다.

레이나의 얼굴에는 마치 꽃이 피듯 환하게 미소가 번졌고, 여관 1층의 식당으로 쓰이는 이곳에 있는 모든 남자는 진운을 향해 질투 어린 시선을 보냈다.

하지만 저 남자들은 알지 못할 것이다.

지금 천사처럼 웃고 있는 레이나는 드래곤과 맞장 뜨려고 했던 하이엘프라는 것을 말이다.

우선 마을에 도착한 것은 좋았지만 여관이라고 해봐야 방이 겨우 다섯 개뿐인 아주 작은 곳이었다. 거기다 식당 겸 식료품 판매상점인 곳이라 위생부터 여관의 시설이 생각보다 문제가 심각했다.

"바퀴벌레, 나방에 메뚜기까지 있네."

그나마 깨끗한 방이라고 해서 들어왔는데 진운이 침대에 앉기도 전에 진운의 발을 피해 어지럽게 돌아다니는 바퀴벌레는 그 숫자를 세는 것 자체가 바보 같은 짓으로 느껴질 만큼 많았다.

하물며 바퀴벌레 정도는 차라리 애교에 불과했다.

찍찍!

"이번에는 들쥐냐?"

바퀴벌레와 메뚜기 등이 있을 때부터 대충 예상은 했다.

들쥐는 잡식성이기도 했지만 메뚜기나 바퀴벌레를 먹는 포식자이기도 하다.

수십, 아니, 수백 마리나 되는 바퀴벌레가 다니고 메뚜기가 끝도 없이 뛰어다니는 이 방에 들쥐가 없다면 오히려 그게 더 이상할 것이다.

"잠자긴 글렀군."

아무리 진운이 잠자리를 가리지 않는 편이고 사막을 여행하면서 죽을 고생을 했지만 메뚜기가 뛰어다니고 그 메뚜기를 쫓아서 침대 위를 날아다니는 들쥐를 보면서 침대로 가서 눕고 싶다는 생각은 감쪽같이 사라져 버렸다.

덜컥!

거기다 묘하게 풍겨오는 냄새에 진운이 창문을 열자,

―진운도 답답해?

언제 나왔는지 레이나가 창문을 통해 밖으로 나와 지붕에 앉아 있었다.

진운도 바퀴벌레와 메뚜기, 그리고 들쥐에 쫓겨 창문을 타고 지붕 위로 나왔다.

―표정이 왜 그리 이상해?

마치 못 볼 것을 봤다는 듯 진운의 표정이 이상해 레이나가 물어보자 진운은 간단하게 대답했다.

"바퀴벌레, 메뚜기, 들쥐, 하아!"

마지막은 한숨으로 마무리하면서 말이다.

―푸푸풋.

그런 진운의 말에 레이나는 웃음을 터뜨리더니 고개를 돌려 한참을 웃고서는 다시 진운을 향해 고개를 돌렸다.

―미안해. 그냥 진운이 겨우 그런 것들에 쫓겨서 나왔다는 것이 너무 웃겨서.

"퍽이나 그러겠다. 들쥐가 침대 위를 날아다니면서 메뚜기를 사냥하는 모습을 보면서 잠이 올 것 같지가 않아서 자는 것은 포기했어."

―어차피 진운은 굳이 자지 않아도 크게 상관없잖아.

"그래도 잠이란 인간에게 가장 중요한 거야. 아무리 내가 마나로 어떻게든 한다고 해도 마음의 안식을 얻기 위해서라도 조금은 자고 싶었는데… 에휴."

―웃어서 미안해. 후후훗.

미안하다면서도 레이나는 계속 웃고 있었다.

하지만 생각해 보면 이곳의 이런 환경은 레이나에게 너무나 당연했다.

다만 위생이 좋은 지구에서 살던 진운의 시선에 견디지 못할 만큼 지저분할 뿐이니 말이다.

찍찍!!

"쓰읍."

하지만 아무리 이해하려고 해도 저 들쥐가 찍찍거리는 소리를 듣고 나니 이제는 방 안으로 다시 들어가는 것도 싫어진 진운이다.

―그럼 이곳에서 자려고?

"뭐, 그래야지. 새벽이슬 맞는다고 감기 걸릴 몸도 아니니까."

―흠, 하긴 그렇긴 하네. 하지만 그래도 모르니까…….

레이나는 허공에 손을 뻗더니 아공간 속에서 커다란 모자가 달린 모포를 꺼내더니 진운에게 내밀었다.

"로브구나?"

단번에 로브를 알아보는 진운의 모습에 레이나는 고개를 끄덕이고는,

―맞아. 노숙이나 비박을 할 때 이불 대신 사용하기도 하지만 새벽이슬을 막아주는 데도 아주 좋아.

레이나가 내민 로브를 받아보니 확실히 이곳 여관에 있는 것과는 차원이 다르긴 했다.

오히려 상큼한 풀내음이 은은하게 나오는 것이 그나마 진운의 마음을 편안하게 해주었다.

―혹시 로브도 소설에 나와?

“소설에 나오기도 하지만 실제로 옛날에 지구에서 사용했던 거야.”

—그래? 음.

진운이 소설에서 간접 경험을 했다는 말을 듣고 난 뒤로 레이나는 진운이 뭔가 아는 척을 할 때마다 소설에서 알았냐고 물어보는 게 하나의 습관이 되어버렸다.

사실 진운이 생각해도 판타지 소설에서 본 것과 너무나도 닮은 이곳의 환경이 한편으로는 놀랍기도 하지만 정말 레이나의 말처럼 지구의 소설가들의 상상력이 그 정도로 뛰어날지도 모른다는 생각이 들기도 했다.

하지만 가능하면 앞으로 소설을 쓸 때 그곳의 위생 환경도 좀 자세하게 써줬으면 하는 마음이 들었다.

들쥐와 메뚜기가 랑데부하는 침대 위에서는 죽어도 못 자겠으니 말이다.

훌렁~

진운은 레이나가 준 모포를 뒤집어쓰고는 대충 몸을 휘감았다.

“따뜻하네.”

밤이 되면서 떨어진 기온에도 로브 속은 이불 속에 있는 것처럼 따뜻하고 아늑했기에 진운은 로브가 그리 싫지 않았다.

찍찍, 찍찍.

"쥐약이라도 확 놓아버릴까?"

자는 내내 진운의 귀를 건드리는 들쥐의 소리만 빼면 나름 이곳에 와서 가장 편안한 밤을 맞이하고 있는 진운이다.

그리 길진 않았지만 말이다.

땡땡땡!! 땡땡땡!!

부스스.

진운은 오랜만에 눈을 감고 잠을 청하다가 고막을 때리는 요란한 소리에 슬그머니 일어나 앉았다.

후다다닥! 후다다다닥!

"뭐지?"

아직 어둠이 가라앉아 있는 것을 보니 기껏 해봐야 새벽 3~4시 정도로 보이는 이 새벽에 마을 전체가 들썩거릴 만큼 요란한 종소리가 울려 퍼지더니 마을에서 사람들이 모두 쏟아져 나오기 시작했다.

"많기도 하네."

마을에 처음 들어올 때는 기껏해야 겨우 몇 명의 사람만 보았을 뿐이었다.

그런데 종소리와 함께 집집마다 쏟아져 나오는 사람들의 숫자를 세어보니 대충 세어도 100명은 넘어 보였다.

그것도 어린애는 제외하고서 말이다.

—무슨 일이야?

레이나도 안에서 자다가 종소리에 깼는지 창문을 통해 밖으로 나오더니 진운에게 물었다.

으쓱.

하지만 진운이 알 리가 없었다.

그저 손가락으로 사람들이 손에 뭔가를 하나씩 들고 한곳으로 달려가는 것만 보일 뿐이다.

—흠.

사람들의 움직임을 잠시 살피던 레이나는 벌떡 일어서더니 무언가 찾는 듯 주변을 둘러보기 시작했다.

그러다 아직 어둠 때문인지 눈에 보이는 게 별로 없자 양손을 하늘로 뻗어서는,

—마나 뷰 포스(Mana View Force).

스팟!!

레이나의 몸에서 탐지를 위한 마법이 발동하자 사방으로 마나의 파동이 퍼져 나갔다.

그리고 얼마나 지났을까? 레이나의 표정이 살짝 찡그려지더니,

—도적 떼가 오고 있어.

"도적 떼?"

─응, 마적이라고도 불리는 녀석들이야.

도적 떼라는 말에 별 관심을 보이지 않던 진운은 마적이라
는 말에 눈빛이 살짝 변했다.

"마적 떼라면 말을 타고 다니는 녀석들이란 거지?"

─맞아. 절망의 평야 인근의 왕국인 포란트 왕국은 대륙의
왕국 중에서도 가장 약한 곳이야. 그렇다 보니 치안이 당연히
나쁘지. 그리고 이곳은 절망의 평야에 맞닿아 있는 만큼 왕국
에서는 가장 외진 마을이기도 해.

어림잡아 100여 명이나 사는 마을이다. 어린애를 제외하고
서도 그 정도면 결코 작은 마을이라고 할 수 없었다. 그리고
외지인을 극도로 경계하는 듯한 모습에서 그냥 그러려니 했
던 진운은 이제야 이유를 알 수 있었다.

그런데 진운이 뭔가 생각하고 있는데 레이나가 슬쩍 다가
오더니,

─진운.

"응?"

─그 판타지 소설에서는 보통 어떤 녀석들이 마을을 침략
한다고 쓰여 있어?

"아, 거의 대부분 몬스터가 마을을 침략한다고 쓰여 있어.
대부분 오크 떼일 걸, 아마? "

─그건 좀 아니네. 오크 떼가 뭐하러 인간 마을을 침략해?

"그래?"

의외로 레이나가 부정적인 말을 하자 진운은 그건 좀 현실과 다른가 보다고 생각했다.

사실 침략당하는 마을의 입장에서는 오크 떼나 마적 떼나 똑같긴 마찬가지였다.

그러다 문득 진운은 마적 떼라는 말에 생각난 것이 있었다.

"레이나, 이곳에도 노예가 있어?"

─당연히 있지. 특히나 우리 엘프들을 노예로 부리려고 눈에 마나까지 쏟아가면서 찾아다니는 녀석들이 한둘이 아니거든.

"그래."

레이나의 말에 마적 떼가 노린 게 뭔지 단번에 알게 된 진운은 로브를 입은 채로 슬쩍 자리에서 일어섰다.

─왜? 진운이 처리하게?

"웬만하면 간섭하지 않으려고 했는데 난 노예라는 게 싫어. 그냥 싫어."

순간적이지만 마적 떼가 일본 침략 시절의 일본군으로 보였고, 마을을 지키기 위해 몰려드는 마을 사람들이 당시 조선의 조상으로 보였다.

그리고 무엇보다 인간이 인간을 사고판다는 것 자체가 진운은 마음에 들지 않았다.

사실 지구에도 현재까지 노예가 있었다.

아랍이나 인도권만 가도 노예가 암암리에 존재했다.

그뿐인가? 미국이나 한국, 중국을 가도 노예가 있었다.

형식만 다를 뿐 돈으로 사람을 사고파는 것은 다를 게 없었다.

힘이 없다면 진운도 가만히 있었을 것이다. 하지만 힘이 있다. 그리고 무엇보다 이곳에서 진운은 이방인이었다.

그 어떤 것을 해도 진운을 구속하는 것이 없다는 것이 어쩌면 진운을 쉽게 일어서게 하는 이유일지도 몰랐다.

─후후훗, 하긴 진운이 노예를 좋아했다면… 내가 먼저 진운과 싸울지도 모르지만.

레이나도 엘프인 까닭에 노예를 극도로 싫어하는 편이었다.

특히나 마적 떼는 보이는 족족 죽여 버려야 속이 시원할 만큼 싫어했다.

엘프들을 사냥해서 노예로 판매하는 대부분의 녀석들이 바로 마적 떼이기 때문이기도 했지만 마적 자체가 싫었다.

마적은 뺏고 빼앗기는 것이 하나의 일상이자 그들만의 규칙이었다.

자신들은 자유롭게 살아간다고 하지만 남의 것을 빼앗아 자신의 생명을 유지하는 것을 보고 있으면 마적 떼나 몬스터나 별다를 게 없었다.

훌쩍!

진운은 2층 높이의 지붕에서 그대로 뛰어내리더니 땅에 닿기 직전에 몸에 브레이크가 걸리면서,

살짝.

저벅.

너무나 가볍게 땅 위로 내려섰다.

"거의 땅에 닿기 직전에 멈추는 게 가능하구나, 이제는."

지구에서는 어느 정도 거리가 필요했지만 이곳으로 넘어와서부터는 진운의 능력이 자신이 생각한 것보다 너무 높아지고 있어서 스스로도 어느 정도 자제가 필요할지도 모른다고 생각하고 있는 중이었다.

지구에서 그를 묶어두던 법, 통념, 사회적 개념 등의 제약이 풀린다는 것이 이 정도로까지 자신에게 변화를 가져올 줄은 몰랐기에 현재 진운은 스스로도 자기가 얼마나 강한지 짐작조차 못했다.

어쩌면 지금 진운이 나서는 것은 자신의 무력이 과연 어느 정도인지 알고 싶은 이기심 때문일 수도 있었다.

몬스터는 너무나 쉬웠다.

본능에만 충실히 따라서 움직이는 녀석들이기에 패턴과 움직임만 알면 그 후로는 어린애를 상대로 장난치는 것보다 쉬웠던 것이다.

하지만 마적 떼라면 조금은 다를지도 모른다는 생각에 결국에는 진운은 자신의 능력을 시험하기 위해 움직인 것이나 마찬가지였다.

"젠장! 붉은 바람 녀석들이다!!"

마을 입구에 그나마 단단한, 나무로 만든 문을 걸어 잠근 사람들이 옹기종기 모여들었다.

제각기 손에는 무기가 될 만한 날붙이들을 들고 있었고, 그나마 검이라고 불릴 만한 것을 들고 있는 서른 명의 젊은 남자는 문 바로 앞에 모여 있었다.

"녀석들이 이곳까지 오다니… 어떻게 하지?"

"우리는 잡혀서 노예가 되는 건가?"

"죽어도 노예는 싫어!! 죽어도! 차라리 죽겠어, 노예가 될 바엔!!"

진운은 우선 천천히 걸어서 사람들이 모여 있는 곳에 도착했지만 곧 훌쩍 뛰어올라 지붕 위로 올라가서는 주변을 살폈다.

그러다가 웅성거리는 소리를 듣고는 자신의 추측이 맞았

다는 것에 슬쩍 고개를 들어 목책 너머를 바라보니 어두운 밤인데도 뿌연 먼지가 눈에 보일 만큼 흙먼지를 피우면서 달려오는 마적 떼가 보였다.

"대충… 100명인가?"

진운은 자신의 감각에 걸리는 녀석들이 100명이라는 숫자에 조금은 놀랐다.

100명 모두가 말을 타고 움직이고 있다는 것인데, 마적 떼는 일반 도적과 그 기본이 다른 녀석들이다.

무엇보다 기동력이 일반적인 사람들이 생각하는 것 이상으로 빠르고 능숙하기에 아무리 진운이 잘 모른다고 해도 저 목책만 부서진다면 아마 10분이면 이 마을은 사람 하나 남지 않은 죽음의 마을로 변할 게 뻔했다.

하지만 목책만 제대로 사수한다면 그만큼 시간을 벌 수 있다는 말도 되었다.

말은 기동력이 확실히 좋지만 단점도 있는데, 바로 쉽게 지친다는 것이다.

대충 진운의 예상으로 목책에서 3~4시간 농성만 잘한다면 마적 떼가 오히려 지쳐서 물러날 수도 있었다.

거기다 진운이 살펴본 바로는 목책이 허술해 보이지는 않았다.

오히려 통나무를 깎아서 만든 목책은 물까지 적당히 머금고 있어서 충분히 버틸 걸로 보였기에 진운은 우선 나서지 않기로 마음을 바꿨다.

괜히 나서서 영웅놀이를 하고 싶은 생각은 없기에 지붕에 올라선 진운은 조용히 로브를 몸에 감고 느긋하게 앉아 있었다.

그런데,

"……!"

마적 떼가 거의 마을에 다다랐을 때, 갑자기 진운의 감각에 마나가 흔들리는 게 느껴진 것이다.

그리고 이 마나의 흔들림은 진운도 익히 하는 것 중 하나였다.

"마법사까지 있었던가?"

마적 떼에 마법사가 있는지 마나가 심하게 흔들리고 있는 것이다.

거기다 흔들림의 강도로 봐서는 적어도 2~3서클을 되어 보였다.

"……."

마법사까지 있다면 아무리 튼튼한 목책이라도 소용없는 게 당연했지만 진운은 그래도 움직이지 않았다.

―움직이지 않을 거야?

언제 왔는지 레이나가 진운의 옆으로 슬쩍 다가와 물었다.

진운은 조용히 레이나를 바라보면서,

"마적 떼를 모두 죽여야겠지?"

─당연하지!

사실 진운이 생각해도 마적 떼는 기회가 있을 때 모두 죽여야 했다.

어쩌면 몬스터 중에 놀과 비슷한 성격을 가지고 있는 녀석들이 마적 떼이기도 했으니 말이다.

아니, 오히려 뒤에서 언제 다시 습격할지 모르는 그들의 끈질김은 놀보다 더 심했다.

최소한 몬스터는 인간들의 영역에는 들어오지 않으니 말이다. 하지만 마적 떼는 인간들의 영역에도 마음대로 들어올 수 있었다.

어떻게 보면 몬스터보다 더 귀찮고 짜증나는 녀석들일 것이다.

─인간을 죽인다는 게 거슬려?

사실 진운은 아직 사람을 상대로 살의를 일으켜 직접 살인을 해본 적이 없다. 자신을 습격했던 국가정보원의 차를 갈라 운전자의 생명을 빼앗았을 때도, 자신의 몸을 보호하려나 그렇게 된 것이지 죽이려는 목적은 없었다.

막상 이곳까지 오긴 했지만 진운이 일어서지 않는 이유도 아마 그 때문일 것이라고 레이나는 예상했고, 그 예상이 정확했다.

"그냥 그러네. 내키지 않는다고 할까?"

사람에게 주먹질만 해도 법의 처벌을 받는 곳에서 살던 진운이다.

당연히 마적 떼가 나쁘다고 알고 있고, 노예가 싫어서 이곳까지 오긴 했다.

하지만 몬스터를 베는 것과 인간의 베는 것은 엄연히 다르다.

'젠장, 소설에서는 자기 앞을 막는 놈들을 짚단 베듯이 쉽게 베어넘긴다고 쓰여 있던데……. 소설은 소설일 뿐인 건가.'

진운은 힘이 있고 능력도 있다. 마적 떼가 아니라 일개 사단이 온다고 해도 문제없는 상태지만, 단 하나, 사람을 죽여야 한다는 게 이상하게 마음에 걸림돌로 자리 잡고 있었다.

그래서 막상 왔지만 쉽게 일어서지 못하고 있는 것이다.

―날아온다!

진운이 이렇게 고민하는 사이에 마적 떼가 있는 곳에서 커다란 불로 만들어진 덩어리 하나가 하늘로 튀어 오르더니 그대로 곡선을 그리면서 점점 더 가까이 다가오고 있었다.

"파이어 볼이군. 3서클?"

─정확히 아네? 맞아. 파이어 볼이야. 정확하게 3.5서클이지만.

콰앙!!

보기에는 보통의 불덩이 같은 파이어 볼이지만 목책에 부딪치자 파이어 볼의 위력은 진운의 상상을 훨씬 벗어나 있었다.

"……."

사람 두 명이 둘러싸야 겨우 맞잡을 수 있을 만큼 두꺼운 통나무로 만들어진 목책이 파이어 볼 한 방에 커다랗게 구멍이 뚫려 버린 것이다.

거기다 목책 위에 있던 감시대에서 살펴보던 사람들은 흔적도 없이 사라져 버렸다.

─진운, 네가 나서면 나도 나설 거야. 하지만 네가 나서지 않으면 나도 나서지 않아. 난 하이엘프야. 내 개인적인 감정으로 인간을 죽이는 건 안 되지만 진운이라는 동료를 돕는 것은 괜찮거든.

"후후훗, 레이나, 그걸 보고 변명이라고 하는 거야."

진운은 목책이 너무나 허무하게 뚫리자 결국 일어섰다.

구멍 뚫린 목책을 향해 달려오는 마적 떼에게서 진운이 느낀 것은 오로지 살기뿐이었다.

그들에게서 느껴지는 것은 오직 하나, '모두 죽인다' 라는 감정.

　홀쩍~

　타닥.

　진운은 지붕에서 가볍게 뛰어서 목책이 뚫린 곳에 정확하게 내려섰다.

　"누구……?"

　"하늘에서… 떨어졌어. 방금."

　"누군데……?"

　다들 갑자기 하늘에서 뚝 떨어진 진운의 모습에 웅성거림이 커졌지만,

　"시끄러!! 지금 마적 떼가 눈앞이야!! 한눈팔면 가족이 노예로 끌려간다!"

　가장 앞에 있던, 짧은 머리에 덩치가 큰 녀석이 단번에 큰소리로 마을 사람들의 웅성거림을 조용히 시켜 버렸다.

　하지만 그도 진운이 누군지, 왜 갑자기 하늘에서 떨어져 자신들의 앞을 막아섰는지는 알 길이 없었다.

　저벅저벅.

　스르렁~

　진운은 천천히 파이어 볼로 구멍이 뚫려 버린 목책을 지나가면서 낮게 중얼거렸다.

"결정했으면 후회는 없게……."

진운의 정신력이 결코 약할 리 없다.

—그럼 나도 움직일게.

레이나도 진운을 따라 하늘에서 뚝 떨어지더니 천천히 진
운의 곁으로 따라 걸었다.

Chapter 06
강한 것이 이득인 곳

　　진운은 잘 알아보지 못했지만 남자들 중에 레이나를 알아
보는 이가 많았다.

　　"헉! 오늘 여관에 묵기로 했던 여행자다!"

　　"뭐? 여행자?"

　　"아, 그 절망의 평야를 건너왔다던?"

　　"왜 그들이 왜 나서는 거지?"

　　레이나의 미모가 워낙 뛰어나서 알아보는 이가 많았지만
그게 전부였다.

　　웅성거리기만 할 뿐 아무도 진운과 레이나가 지나간 목책의 구멍을 지나가려고 나서는 이가 없었다.

레이나는 한번 슬쩍 뒤돌아보더니,

─저들은 저게 그들의 한계라는 것을 모를 거야.

"그렇겠지."

단순하게 보면 용기가 대단한 여행객일지도 몰랐다.

하지만 그렇게 단순한 게 아니기도 했다.

보기에는 마을을 지켜주는 목책과 바깥의 짧은 거리였지만 이미 뚫려 버린 목책은 더 이상 방어의 수단이 아니었다.

오히려 뚫린 구멍으로 마적 떼가 들이닥치면 독 안에 든 쥐보다 못한 신세가 바로 지금 마을의 상황이다.

기본적으로 간단한 전술만 안다고 해도 지금 마을 사람들은 마을 안이 아니라 뚫린 목책 구멍에 모여 있어야 했다.

죽기 살기로 구멍을 막으면서 어떻게든 그곳을 지켜야만 살아남을 가능성이 조금이라도 높다는 것이다.

하지만 지금 저들은 구멍 뚫린 목책을 앞에 두고도 멍하니 원래 서 있던 마을 입구 쪽에 그대로 있었다.

지금 그 행동은 오히려 자신들을 잡아가 달라고 비는 것이나 마찬가지였다.

보기에는 겨우 몇 걸음밖에 되지 않는 거리지만 그 차이가 자신들의 삶과 죽음을 결정짓는 대단한 거리라는 것을 지금 마을 안에서 멍하니 쳐다보고만 있는 저들은 모르고 있는 것이다.

—나중에라도 알려줄 거야?

레이나는 진운이 나중에라도 마을 사람들에게 마을을 지키는 기본적인 몇 가지 전술을 알려줄 것이냐고 물었지만 진운은 대답 대신 고개를 저었다.

"싫어."

싫다는 대답에 레이나는 씨익 웃으면서 다시 한 번 뒤를 돌아보고는 조용히 고개를 돌렸다.

레이나가 생각하기에 단 한 명이라도, 많이도 필요 없었다.

단 한 명이라도 진운을 따라 목책을 나서거나 입구를 막아서는 사람이 있었다면 진운은 기꺼이 자신이 머릿속에 기억하고 있는 몇 가지 전술을 알려줄 것이다.

하지만 마냥 마을 안에서 기다기리만 하는 그들에게는 알려줄 가치가 없었다.

스스로의 삶조차 앉아서 기다리는 이들에게는 아무리 좋은 전술이라도 이미 죽은 것이나 다름없으니 말이다.

—진운, 냉정해졌어. 이곳에 와서.

"나도 그렇게 생각해. 하지만 한편으로는 어쩌면 내게 부족한 게 이것이 아니었을까 하는 생각도 들어."

─아니, 그건 아니야.

진운의 말에 레이나는 단번에 대답하면서 아니라고 확신했다.

겨우 이 정도의 냉정함이 부족해서 경험이 부족한 것이라면 이미 바벨의 탑에서 해결했을 것이다.

레이나와 진운은 잡담을 나누면서 천천히 걸었지만, 상대는 말을 타고 다니는 마적 떼였다.

당연히 진운이 마을을 벗어난 지 얼마 되지도 않았는데 순식간에 진운과 레이나 앞에 마적 떼가 도착해 버렸다.

푸르를!!

다그닥, 다각, 다각, 다각다각!

"워!!"

"이건 뭐하는 놈들이야?!"

마적 떼 중에서 가장 앞장서서 달려오던 녀석이 가소롭게도 자신들 앞을 막아선 허름한 로브를 입고 있는 여행자로 보이는 진운을 보고는 큰소리쳤다.

"어라? 알아듣네?"

하지만 진운은 녀석이야 떠들거나 말거나 사람들의 언어를 알아들었다는 것에 조금 놀라자,

─내가 잠시 마법으로 해결한 거야. 하지만 언제까지 마법

으로 해결할 수는 없으니까 배우긴 해야 해.

"알아."

전혀 긴장감이라고는 찾아볼 수 없는 진운과 레이나의 모습에 마적 떼 두목의 눈에서 불꽃이 튀었다.

"뭐야, 저 거렁뱅이 녀석들은? 감히 붉은 바람의 길목을 막다니! 크크큭! 그런데 저년은 괜찮아 보이는데?"

무려 100여 명의 마적 떼가 진운과 레이나를 완전하게 둘러싸 버렸지만 레이나는 입가에 미소를 짓고 있고 진운은 귀가 가려운지 손가락으로 귀를 후비면서 슬쩍 주변을 둘러보기까지 했다.

"레이나."

—응?

"아공간에 검이 몇 개나 있어?"

뜬금없이 진운이 자신의 아공간에 있는 검의 숫자를 물어보자 레이나는 잠시 생각하더니,

—한 아마 2~300개는 있을 거야.

"그럼 이놈들 숫자만큼만 꺼내줘."

휙!!

그 말이 끝나는 것과 동시에 진운은 자신이 손에 들고 있던 검을 그대로 집어 던져 버렸다.

컥!!

그 누구도 예상치 못한 진운의 행동에 마적 떼 두목은 목에 진운이 던진 롱소드가 박히면서 그대로 죽어버렸다.

마치 자신이 왜 죽었는지 이유도 모른다는 듯 두 눈을 부릅뜬 채로 말이다.

"두목!!"

"두목이 죽었다!!"

설마 검사로 보이는 녀석이 검을 집어 던져 두목을 죽일 줄은 이곳에 있는 그 어떤 마적도 예상하지 못했기에 엄청난 충격으로 다가왔다.

그런데 마적들은 몰랐다.

두목이 죽은 것은 시작에 불과했다는 것을 말이다.

―오호! 그런 방법이 있구나.

레이나는 진운이 아무런 거리낌도 없이 검을 던져 두목을 죽여 버리자 알았다는 듯 허공에 손을 뻗어 자신의 아공간에 있는 검을 꺼내 진운의 옆에 세워 박았다.

푹푹푹, 푹푹푹푹.

그리고 레이나가 허공의 아공간에서 검을 꺼내 진운에게 주는 것과 똑같은 속도로 진운은 검을 잡자마자 사방으로 던지기 시작했다.

마치 검의 꽃잎이 사방으로 펼쳐지는 듯한 착각을 일으킬

만큼 아름다운 모습이지만 마적 떼에게는 죽음의 소나기나
마찬가지였다.

"쿨럭!!"

"쿠엑!!"

"컥!!"

죽는 녀석들이 내지르는 소리도 참 다양했지만 공통적인
게 하나 있다면 그들 모두가 목에 롱소드가 박힌 채로 말에서
떨어져 죽어버렸다는 것이다.

―마지막!

레이나가 마지막 검을 꺼내 진운에게 주자 진운은 그걸 허
공에서 발로 차서 도망치려고 뒤돌아서는 마적의 뒤통수를
정확하게 뚫어버렸다.

털썩.

정확하게 진운이 마적 100명을 처리하는 데 걸린 시간은
단 2분이었다.

―그런데 마법사가 안 보이네?

레이나는 당연히 진운이 검을 던지는 사이에 마법사가 뒤
에서 공격할 것으로 예상하고 준비를 했는데 어찌 된 일인지
마지막 마적이 죽는 순간까지 마나의 흔들림을 전혀 느끼지
못했다.

그러다가 혹시나 하는 생각에 죽은 두목에게 다가간 레이

나는 입가에 미소를 지으면서,

―인챈트 스크롤이었네.

두목의 품에서 마법이 인챈트되어 있는 양피지 한 장을 발견한 것이다.

―오! 이것도 파이어 볼이네.

3.5서클에 해당하는 파이어 볼이 인챈트되어 있는 스크롤은 당연히 비쌌다.

무엇보다 마법을 전혀 모르는 사람도 인챈트되어 있는 스크롤의 문자만 읽으면 마법이 발현되기에 그 활용성에서 엄청난 가치를 가지고 있었던 것이다.

―마적 주제에 좋은 걸 가지고 있어. 이러니 엘프들이 사냥을 당하지.

레이나는 얼른 그걸 아공간에 집어넣어 버리고는 아무것도 아니라는 듯 진운에게 돌아왔다.

그런데 진운은 자신의 바로 앞에 있는 녀석의 목에 박힌 검을 보면서 고민하고 있었다.

그러다가 결국 손잡이를 잡고는 그대로 뽑았다.

츄악!!

진운이 목에서 검을 뽑자 피가 조금 뿜어져 나오긴 했지만 진운의 몸에 튀지는 않았다. 하지만 검을 뽑고 난 뒤에도 진운의 표정이 변화가 없었다.

“…….”

잠깐 자신이 죽인 녀석의 목에서 뽑은 검을 바라보던 진운은 뽑을 때의 감촉이 지금도 느껴지는 듯했다.

사실 사람들이 검으로 사람을 벨 때 쇳덩이를 통해 무슨 느낌이 있겠느냐고 하지만 검이란 것이 인간이 만든 무기 중에 가장 오래되었고 그만큼 가장 오래 사용된 이유가 다른 데 있는 게 아니었다.

그만큼 수많은 무기 중에 가장 손맛을 느끼기 쉽기 때문이다.

회를 뜨는 사람이 손의 감각만으로 회의 두께를 마음대로 할 수 있는 것도 모두 손으로 느끼기 때문이다.

진운은 처음에 검으로 모두 베어 넘길까 하다가 역시나 내키지 않아서 검을 집어 던지는 걸로 바꾸었다.

하지만 오히려 그게 마적들에게는 엄청난 재앙으로 돌아가 버렸다.

세상에 어떤 검사가 검을 던진다고 생각하겠는가?

그렇기에 방심하던 두목은 진운의 손에 가장 먼저 죽은 것이다.

혼자서 다수의 적을 상대할 때 가장 먼저 해야 할 일은 오직 하나다.

적의 머리를 치는 것, 즉 두목을 죽이는 것만큼 확실하면서도 효과가 좋은 전술도 없다.

멍청하게 진운이 혼자라는 것과 검사는 검을 던지지 않는다는 것만 생각하고 앞으로 나섰던 두목은 가장 먼저 진운의 눈에 띄어 뜬눈으로 죽고 만 것이다.

"와아!!"

갑자기 마을에서 들리는 소리에 진운이 돌아보니 마을 사람들끼리 부둥켜안고 좋아서 난리도 아니었다.

하지만 그 와중에도 마을을 나와서 진운에게 다가오는 사람이 단 한 명도 없다는 것에 진운은 씁쓸하게 웃고는 마지막 검을 회수해 레이나에게 넘겨주고 그나마 괜찮아 보이는 말에 올라탔다.

―그냥 가게?

"어차피 저렇게 살 운명인 사람들이야. 더 이상 내가 관련할 이유도 의무도 없어."

―하긴…….

레이나도 진운의 말에 고개를 끄덕이면서 적당히 말을 하나 골라잡아 올라탔다.

푸헤에에헹!!

진운과 레이나가 올라타자 마적들이 타던 말답게 거칠게 몸부림을 쳤지만 진운이 마나를 일으키면서 말을 노려보자 금방 조용해졌다.

그리고 레이나는 조용히 말의 갈기를 쓰다듬으면서,

—자자, 착하지? 나를 태우고 갔으면 좋겠는데 어떠니?

마치 말을 달래듯 타이르자 거짓말처럼 말이 조용해져 버린 것이다.

—어때, 엘프의 능력이?

"좋네."

진운은 그 길로 마을을 뒤로하고 떠나 버렸다.

한편으로는 소설에서 나오는, 용감하고 멋진 사람이 있는 마을은 현실에는 존재하지 않는다는 것이 조금은 씁쓸한 진운이기도 했다.

웅크리고 겁에 질린 채로 자신들을 구해준 사람에게 그 어떤 사람도 손을 내밀어 환영해 주지 않는 옹졸함까지 가지고 있는 곳에 진운은 친절을 베풀 이유가 없었다.

그리고 무엇보다 마적 떼가 쳐들어오는데도 레이나와 진운이 묵고 있는 방으로 그 누구 하나 그 사실을 알리기 위해 온 사람도 없었다.

타인에게는 철저하게 냉정한 그들의 모습에 어쩌면 진운도 똑같이 대하는 것일지도 몰랐다.

*　　　*　　　*

“아우!”

—역시나… 진운, 말 타본 적 없지?

정말 멋지게 폼을 잡으면서 마을을 벗어나긴 했다.

하지만 그런 멋진 것도 잠시, 불과 반나절 만에 진운은 말에서 내리더니 차라리 걸어가겠다고 했다.

“설마 말 타는 게 이렇게 힘들 줄은 몰랐다.”

진운은 말이 뭐 별것 있겠냐 하는 생각에 우습게 본 것도 있지만 이곳에서는 개나 소나 타는 말을 자기가 타지 못할 이유가 없다는 생각에 무작정 말을 타고 움직인 것이다.

물론 걷는 것보다 말을 타고 움직이면 그만큼 높은 곳에서 움직이기에 보다 멀리 볼 수 있다는 장점도 있었지만, 무엇보다 말이라는 것을 왠지 타보고 싶다는 생각이 가장 컸다.

하지만 그런 생각은 결국 반나절 만에 사라져 버렸다.

—말 타는 거 제대로 배우지 않으면 허리 망가질걸?

“안 그래도 지금 허리 아파 죽겠어. 이게 원… 차라리 걷는게 속편하지.”

마적들의 말이 조금은 거칠긴 해도 확실히 길이 들여져 있었고, 진운이 확실하게 제압했기에 말이 중간에 날뛰거나 하지는 않았다.

하지만 지금 이렇게 진운이 허리와 엉덩이가 아프다고 하는 이유는 바로 말을 타게 되면 가장 기본적으로 해야 하는 척추 보호대를 꼭 착용하지 않은 탓도 컸다.

워낙에 승마라는 운동 자체가 고급 운동에 돈이 많이 들어가는 운동이다 보니 진운이 해본 적은 없지만 마적들이 타고 다니는 것을 보니 실제로 그리 힘들어 보이지 않았기에 겁 없이 도전했다가 지금 고생하고 있는 것이다.

말을 탈 때 꼭 익혀야 되는 리듬을 진운은 거의 모르고 말을 탔고, 그러다 보니 엉덩이와 말과의 리듬이 엇박자가 나면서 그 충격이 모두 진운의 허리에 몰려 버린 것이다.

"소설에는 마스터가 되면… 말 타기 정도는 순식간에 익힌다던데… 순 뻥이잖아."

인간을 초월한 초인의 육체를 가진 마스터가 말을 못 탄다는 것은 그 어떤 소설이나 영화에서도 나온 적이 없었다.

하지만 실제로 진운이 타보니 이건 고문도 이런 고문이 없었다.

거기다 진운만 힘드냐? 그렇지가 않았다.

진운이 충격을 받았다면 당연히 말의 허리에도 충격이 그대로 전해졌다는 것이고, 그 결과 진운이 탔던 말은 뒷발을 절뚝거리기까지 했다.

그나마 초인으로 몸이 변했고 마스터에 올랐기에 반나절이나 버틴 거지 일반인이었다면 10분도 안 되서 허리와 엉덩이가 아파서 내려왔을 것이다.

물론 진운이 마스터이기에 결과적으로 고생하는 것은 말이었다.

뒷다리를 절뚝거릴 만큼 충격을 받았지만 진운의 살기에 제압당한 말은 찍소리도 못하고 진운을 태우고 반나절이나 걸었을 테니 말이다.

―계속 걸을 거야?

진운의 통증은 조금 걷다 보니 완전히 사라졌지만 진운은 여전히 걷고 있었다.

"그럼 어떻게 해? 말이 저렇게 뒷다리를 절고 있는데."

아무리 진운이라도 자기 때문에 말이 뒷다리를 절면서 따라오는데 다시 타기에는 미안했는지 계속 걷기만 했다.

―아무튼 고집 하고는.

레이나는 결국 자신이 말에서 내려 진운이 타던 말에게 힐링 마법으로 통증을 사라지게 해주고는,

―잘 들어. 말 탈 때는 리듬이 중요해. 특히나 마적들이 타는 말은 보다시피 충격을 막아주는 안장이 없어. 두꺼운 천을

두르고 그 위에 앉아 있는 형식이라 리듬이 어긋나면 말이나 사람이나 둘 다 고생하는 거야.

"알아."

얼굴을 찌푸리면서 진운이 알았다고 하지만 계속 귀를 기울이는 것을 본 레이나는 진운이 어지간히도 말을 잘 타고 싶은가 보다고 생각했다.

사실 지구에서 서민 생활을 했던 진운이 언제 말을 타보겠는가? 당연히 욕심이 났다.

다만 이렇게 힘들고 고통스러울 줄은 몰랐던 것이다.

─이제 알겠지?

거의 20분 가까이 레이나의 설명을 들은 진운은 곰곰이 생각하더니 다시 자신이 타던 말을 향해 다가갔다.

그런데,

푸르릉.

또각또각.

진운이 말에게 다가가자 말이 뒷걸음질을 치는 것이다.

─후후후훗, 어지간히 말도 힘들었나 보네. 말이 뒷걸음을 치다니.

레이나는 진운의 말이 진운을 피해 뒷걸음질하는 모습에 웃었고, 진운은 잠깐 동안 말과 씨름했지만 결국,

"하압!!"

살기로 다시 말을 제압하고 나서 말의 등에 다시 올라탈 수
가 있었다.

─천천히. 알지?

레이나는 진운의 속도에 맞춰서 천천히 움직이면서 진운
이 말의 리듬을 머리가 아닌 몸으로 익히기를 바랐다.

머리로는 익혀봐야 아무 소용이 없는 게 바로 말 타기였으
니 말이다.

말의 리듬은 유동적으로 언제든지 변하게 마련이다.

걸을 때와 달릴 때, 그리고 조금 빠른 걸음으로 걸을 때 모
두 말의 리듬이 달랐다.

그리고 이건 머리로 생각한다고 따라갈 수 있는 게 아니기
에 오로지 몸으로 익혀야 했던 것이다.

하지만 레이나의 걱정과 달리 진운은 적당히 리듬을 익히
자 저절로 몸이 기억하기 시작했고, 한 시간 정도 흐른 뒤에
는 거의 레이나가 편하게 달리는 속도로 달려도 무리없을 만
큼 능숙해졌다.

아무리 말을 타고 간다고 하지만 진운에게는 느리긴 마찬
가지였다.

자동차로 수백 킬로미터를 몇 시간 만에 움직였던 지구와
달리 이곳은 말이 유일한 교통수단이기 때문이다.

사실 말이 빠르긴 했다. 물론 그건 사람이 걷는 속도에 비해서 빠르다는 말이다.

실제로 말을 타고 가보니 진운과 레이나는 자신들이 쉬지 않고 걸어서 절망의 평야를 이동했을 때보다 아주 약간 빠르다는 것 외에는 속도에서는 말을 타는 것이 크게 메리트가 없는 편이었다.

다만 걷지 않고 타고 간다는 것과 주변을 둘러보면서 움직인다는 게 그나마 좋은 점이긴 했다.

특히나 지금 진운과 레이나가 타고 있는 말은 마적 떼가 타던 말로, 마적들이 자신들이 타기 위해 고르고 고른 정말 좋은 말이었다.

사실 마적이라는 녀석들이 다른 건 몰라도 말을 고르는 실력 하나만큼은 정말 대단했으니 자신들이 타는 말이라면 얼마나 신경을 썼겠는가?

거의 마을을 벗어나 하루 종일 말을 탔지만 생각 외로 크게 지쳐 보이는 모습이 아닌 것만 봐도 대단히 좋은 말은 확실해 보였다.

물론 아무리 좋은 말이라도 결국 생물이니 쉬어야 한다는 건 마찬가지였지만 말이다.

타탁타탁.

마른 나무가 불꽃을 튀면서 타오르는 모닥불을 사이에 두고 진운과 레이나가 앉아 있었다.

어차피 이곳은 말을 위협할 만한 맹수도 보이지 않았기에 대충 보이는 나무에 말을 묶어놓고는 모닥불을 피워 잠시 쉬고 있는 중이다.

―로브가 마음에 들어?

진운이 로브를 살짝 감싸듯 덮는 모습에 레이나는 왠지 자신이 준 로브를 좋아하는 듯해 보여 물었다.

"좋아. 무거운 것만 빼면 웬만한 침낭보다 괜찮아."

―후후훗, 당연하지. 엘프들이 사용하는 방법으로 짜서 만든 모포니까.

"엘프들?"

진운은 로브를 사용하는 게 차원을 넘어온 이곳에서 처음이니 당연히 엘프들이 만든 로브와 일반적인 로브의 차이를 몰랐다.

하지만 레이나가 저렇게 자랑하듯 말하는 것을 보면 확실히 차이가 있는 듯했다.

―한번 벗어서 로브를 털어봐.

"……?"

뜬금없는 레이나의 말에 진운은 우선 벗어서 강하게 몇 번 털었다

팡! 팡!

흙먼지가 뿌옇게 피어날 만큼 로브에서 먼지가 심하게 일
었지만 곧 주변의 바람에 먼지는 사라져 버렸다.

─이제 입어봐.

도대체 무슨 이유로 로브를 털어보라고 한 건지 몰라서 다
시 입은 진운은 곧 표정이 살짝 바뀌었다.

─알겠어?

"향이 달라졌군."

진운은 방금 벗어서 털기 전에는 흙먼지 냄새가 로브에 가
득했다.

그런데 단 두 번 강하게 털고 나서 다시 입어보니 처음에
레이나에게 받았을 때와 같이 상큼한 풀 내음이 로브 전체에
서 풍겼다.

그 향기가진운의 코를 상쾌하게 해주자 왜 레이나가 로브
를 털어보라고 했는지 이해가 되었다.

─엘프들이 만든 천에는 습기와 먼지는 최대한 막으면서
반대로 이미 로브에 스며든 먼지는 쉽게 빠지는 그런 특징이
있어.

로브의 효과를 듣고는 진운은 순간 아웃도어용 옷이 생각
났다.

거의 비슷한 효과를 발휘하는 옷이었으니 말이다.

지금 진운이 입고 있는 엘프의 로브는 털기만 해도 본래의

향이 되살아나는 특징이 있지만 일반적으로 아웃도어용 옷은 몇 번 빨기만 해도 방수 기능이 급격히 떨어지는 단점이 있었다.

로브의 특이한 기능을 알게 되고, 또 마적들이 가지고 다니던 식량으로 간단히 저녁을 때워 기분이 좋아진 진운이 바닥에 가볍게 주저앉았다.

하늘을 바라보며 앉아 있는 진운의 곁에 레이나도 앉았다.

—뭔 생각을 그렇게 해?

저녁 식사를 마치고 나서 하늘을 보고 멍하니 있는 진운의 모습이 평소 레이나가 알던 모습과 달라서 다가와 물어보자,

"그냥… 내가 왜 이곳으로 왔을까 하는 생각 중이었어."

—하긴…….

계획된 것도, 그렇다고 뭔가 이유를 알 만한 것도 아니다.

말 그대로 뜬금없이 게티아가 발동하면서 차원의 문이 열려 버린 것이다.

물론 이곳으로 올 것이라는 생각은 하지 못했기에 자다가 일어나니 딴 세상이라는 말이 크게 틀린 것도 아니다.

하지만 레이나가 생각하는 것보다 진운이 지금 깊게 생각하는 것은 도대체 왜 이곳으로 왔느냐 하는 것이다.

"세상의 모든 일에는 원인과 결과가 있다고 난 생각해."

―원인과 결과? 그렇긴 하지.

레이나도 진운의 말에 고개를 끄덕였다.

"분명히 내가 이곳으로 오게 된 원인이 있을 거야. 그걸 난 지금 찾아야 해. 그래야 돌아갈 수 있으니까."

―하지만 생각한다고 원인이 뭔지 찾기에는 어렵지 않아?

"뭐, 그렇긴 하지. 하지만 그렇다고 멍하니 움직일 수도 없잖아. 지금이야 레이나 네가 살던 마을을 향해서 가고는 있지만 그곳에 도착한 다음에는?"

―응? 뭐, 우리 마을에서 같이 지내면 되지 않아?

레이나는 진운이 자신의 마을에서 같이 지내는 걸 당연하다는 듯 말하고 있지만 진운은 그런 레이나의 말에 고개를 저으면서,

"결국 어딘가 구석에 웅크리고 있는 것뿐이잖아."

―…….

진운이 꼭 돌아가야 하는 이유를 알고 있는 레이나는 차마 모든 것을 잊고 같이 이곳에서 지내는 것도 괜찮지 않느냐는 말을 할 수가 없었다.

만약에 진운이 자신에게 다 잊고 지구에서 그냥 살자고 했다면 과연 자신은 어떻게 대답했을까 생각하니 진운의 심정

이 이해가 갔다.

찌이잉!!

"응?"

하늘을 보면서 무언가 생각을 계속하던 진운은 갑자기 손이 저릴 만큼 강한 진동에 고개를 돌렸다.

게티아에서 시작된 마나의 파동이 온몸을 흔들고 있었다.

―왜 그래?

레이나는 갑작스런 진운의 변화에 뭐라고 말하려고 하는데,

번쩍!!

차원 이동의 문이 열렸을 때와 같이 게티아가 빛을 뿜어내면서 변화가 시작되었다.

정말 뜬금없었다.

―설마?!

레이나도 진운의 손에서 빛나는 것을 보고 떠오른 것은 차원 이동이었다.

그런데 이번에는 주변의 공간이 부서지거나 어둠으로 바뀌는 일은 없었다.

다만 진운이 눈을 감은 채 조용히 앉아 있을 뿐이다.

―진운?

레이나는 아직까지 진운이 손가락에 끼고 있는 게티아가 어떤 힘을 가지고 있는지 전혀 모르기에 눈을 감고 있는 진운에게 다가가려다가 멈칫거렸다.

촤아악!!

오히려 시간이 지날수록 진운의 손가락에서 강해지는 듯하다가 천천히 약해지기를 반복하고 있었다.

아주 천천히, 느리게 빛이 움직이다가 얼마의 시간이 지났을까?

게티아의 빛이 씻은 듯이 사라져 버렸다.

"……."

게티아의 빛이 사라지자 감았던 눈을 천천히 뜬 진운은 걱정스런 눈빛으로 자신을 내려다보고 있는 레이나를 발견했다.

"걱정했어?"

─당연하지. 그보다 왜 갑자기 빛이 난 거야?

레이나는 게티아를 만지는 것조차 허락되지 않기에 이렇게 영문 모르게 반응할 때만큼 무서운 게 없었다.

바벨의 탑에서 지낸 시간은 오히려 진운보다 레이나가 훨씬 많았기에 자세히는 모르지만 진운이 손가락에 끼고 있는 반지 모양의 게티아가 결코 이유 없이 저렇게 반응할 리가 없다는 걸 알고 있기도 했다.

무엇보다 게이타가 반응을 하면 조용히 넘어갈 리 없었다.

차원을 순식간에 넘어버린 것만 봐도, 어쩌면 게티아를 가지고 있는 진운은 사용법만 알면 원하는 만큼 차원을 이동할 수 있을지도 모른다는 생각까지 들었다.

이미 한 번 넘었는데 두 번 넘지 못하란 법은 없으니 말이다.

"그게… 갑자기 머릿속으로 정보가 쏟아져 들어와서 그거 좀 정리하느라고."

―정보?

"음, 말보다는 우선……."

진운은 레이나는 전혀 알지 못할 것을 일일이 설명하기보다 우선 가장 급한 것부터 알려주기 위해 게이타를 끼고 있는 손을 허공에 들어 올리자,

스팟!

커다란 화면이 허공에 그려지면서 레이나도 익히 알고 있는 것이 떠올랐다.

―이거 바벨의 탑에서 정보 검색할 때 나오던 화면이잖아?

"맞아."

―진운, 설마 탑의 마스터 권한을 얻은 거야?

탑이 아닌 외부에서 바벨의 탑에서와 같이 화면을 만들어 내는 것 하나만 봐도 그동안 진운을 애먹이던 권한이 풀렸다

고 생각한 레이나였지만 진운은 고개를 흔들었다.

"그건 아니야. 정확하게 말하자면 이곳에서만 지구와 달리 대충 2단계 이상 권한이 풀린 것 같아. 아까 눈을 감았을 때 머릿속으로 정보가 쏟아져 들어온 것도 모두 그것 때문이었으니까."

—이곳에서만… 이라고?

뭔가 진운의 말이 조금 이상하다는 느낌을 받은 레이나가 다시 물어보자,

"응. 그리고 내가 왜 이곳에 왔는지 이유도 알았어."

—정말?

"이걸 봐."

진운이 설명 대신 화면을 향해 손가락을 움직였다. 화면이 어지럽게 변하더니 그림이 화면에 떴다가 사라지기를 반복하다가 한 화면에서 멈췄다.

—이건 뭐야?

어지럽게 움직이던 화면이 멈추기에 레이나가 자세히 봤지만 도통 뭔지 알 수가 없었다.

녹색과 갈색으로 그려진 그냥 이상한 그림으로만 보였으니 말이다.

"지도야."

—지도?

진운의 말에 레이나는 다시 한 번 자세히 봤는데 레이나가 알고 있는 지도와는 뭔가 많이 달랐다.

"실사 화면에 3D 기법으로 나온 거라 이렇게 보이는 거야. 원래대로라면……."

진운은 인공위성으로 찍은 듯한 지도보다 더 사실적인 지도 화면에 레이나가 적응하지 못하는 듯하자 손가락을 살짝 움직여 레이나도 쉽게 알아볼 만큼 초보적인 그림 수준으로 바꾸었다.

―아, 지도 맞구나.

그제야 레이나는 지도인 것을 알아보는 듯했다.

그런데 지도인 것을 알아보자마자 레이나의 시선을 사로잡는 것이 있었는데,

―저건 뭐야?

지도에 파란색 점과 빨간색 점이 깜빡이면서 선명하게 보이자 진운은,

"저게 내가 이곳에 온 이유야."

말과 함께 진운은 손가락을 뻗어 빨간색 점을 가리켰다.

―이유? 저건 뭐길래?

"전에 탑에서 들었던 것 기억나? 게티아가 원래 가지고 있던 용도가 뭔지 말이야."

레이나는 진운의 말에 잠시 생각하는 듯하더니 잠시 뒤 눈

빛이 살짝 변했다.

그걸 본 진운은 씨익 웃으면서,

"기억났어?"

─응. 그런데… 그럼 설마 저 빨간 점이……?

"맞아. 저 빨간 점이 표시된 곳에 솔로몬의 72마신 중에 하나가 있어."

Chapter 07
게티아의 본래 용도

―마… 신?

"응. 그래서 게티아가 갑자기 반응해서 나를 이리로 데리고 왔던 것 같아."

진운의 말을 들은 레이나는 화면에 빨간색으로 번쩍이는 빛을 보고는 눈살을 찌푸리더니 한숨을 내쉬었다.

"왜?"

―진운은 지금 빨간 점이 가리키는 곳이 어딘지 모르지?

"응."

당연히 몰랐다.

이곳에 온 게 이번이 처음이니 말이다.

—저긴 포란트 왕국의 수도야.

"수도?"

진운은 레이나의 말에 지도를 자세히 보다가 손가락을 다시 움직였다. 화면에서 지도는 사라져 버리고 금발에 뚱뚱한 몸매를 가진 한 명의 남자가 나타났다.

"레오날드 자작이라……."

진운이 빨간 점이 가리키는 목표가 뭔지 자세하게 파고들어 가자 지구에서와 달리 권한이 대폭 풀린 덕분에 진운이 손가락을 움직이는 것으로도 바벨의 탑이 가지고 있는 정보를 쉽게 뽑아낼 수 있었다.

—자작? 백작 바로 아래 계급의 귀족이네. 거기다 뚱뚱하고 보기만 해도… 온몸에 소름이 돋는다.

레이나는 화면에 떠올라 있는 레오날드의 사진만 보고도 마치 온몸에 벌레가 기어 다니는 듯한 느낌을 받은 듯 황급히 화면에서 멀어졌다.

하지만 진운은 왠지 화면 속의 레오날드라는 이름이 낯설지가 않았다.

"어디선가 본 것 같은데……. 레오날드, 레오날드……."

진운은 잠시 생각하더니 허공에 손을 뻗어 자신의 아공간에서 레메게톤을 꺼냈다.

이 아공간은 레이나의 아공간과 완전히 다른 성질의 것으로 오직 바벨의 탑에서 얻은 칼라드볼그와 레메게톤을 보관하는 용도로밖에 사용할 수 없는 진운 전용 아공간이다.

팔락! 팔락!

레메게톤을 꺼낸 진운은 잠시 책을 뒤지더니 곧 한곳에서 시선이 멈췄다.

"레오날드, 1급 악마로 '사바토'의 검은 악마로 불리고, 하급 악마들과 마술사, 또는 마법사를 감독하는 마력을 가지고 있는 녀석이라네? 속성은 산양?"

레이나는 레메게톤에 쓰인 문자를 읽지 못하기에 진운이 일부러 소리 내어 읽어주다가 산양이라는 말에 고개를 갸웃거렸다.

—속성이 산양?

"그렇다고 쓰여 있는데?"

마법사인 레이나는 당연히 속성에 관해서는 나름 어디 가서 빠지지 않는다고 생각하는데 물이나 불, 하다못해 어둠이나 빛의 속성은 들어봤어도 속성이 산양이라는 말은 처음 들어봤다.

마법사인 레이나가 처음이니 진운도 당연히 레메게톤

에 쓰인 속성이 산양이라는 말에 고개를 갸웃거릴 뿐이
다.

─처음 들어보는데? 물이나 불도 아니고 속성이 산양이라
니?

"음……."

진운은 혹시나 하는 마음에 레메게톤을 다시 열심히 찾아
봤지만 솔로몬의 72기둥의 마신들의 속성에 관해서 어떠한
설명도 없다는 것만 알아냈을 뿐이다.

"별것 아니겠지."

솔로몬 왕이 직접 썼다고 하는 레메게톤에 별다른 언급
이 없다면 딱히 중요하지 않을지도 모른다고 진운은 생각
했다.

레이나는 진운이 잘못 읽었을지 모른다고 여겼다.

사실 속성이 산양이라는 말은 레이나도 처음 들어봤으니
말이다.

─그보다 그럼 포란트 왕국을 들러야 한다는 말인데…….

지도를 보던 레이나는 어차피 자신이 살고 있는 마을이 있
는 정령의 숲이 대륙의 북쪽 끝에 있기에 포란트 왕국은 지나
가는 길목이긴 했다.

하지만 애초에 레이나는 포란트 왕국의 외곽을 거쳐서 최
대한 빠른 길을 이용해서 갈 생각이었던 것을 조금 수정할 수

밖에 없었다.

그렇게 밤을 보낸 진운과 레이나는 다시 일어나 말을 타고 이동을 시작했다.

—능숙해졌어.

레이나가 자신의 속도와 비슷하게 말을 몰고 있는 진운의 모습에 진심으로 감탄한 듯 말하자 진운은 말없이 웃었다.

물론 아직 진운이 의식적으로 말과 리듬을 타는 데에 신경 쓰고 있긴 하지만 확실히 어제보다는 많이 좋아진 모습이다.

그 증거로 진운이 타고 있는 말이 가볍게 움직이는 것만 봐도 알 수 있으니 말이다.

어제 처음 진운이 탔을 때는 투레질도 자주 하면서 말이 움직이는 속도도 빨랐다 늦었다 하면서 제멋대로였던 것을 생각하면 정말 하루 만에 진운은 몇 년은 승마 연습을 한 사람과 비슷한 수준으로 변한 것이다.

"재미는 있는 편이라 그나마 다행이지."

레이나야 진운이 하루 만에 자신과 비교해도 크게 뒤떨어지지 않는 승마 실력을 보여주니 놀랍지만 진운은 왜 사람들이 승마를 어려워하는지 피부로 이해가 되었다.

그냥 말을 타고 움직이는 것뿐이라고 생각했던 자신의 안

일한 생각이 얼마나 바보 같았는지 허리의 통증이 증명해 주고 있으니 말이다.

물론 초인의 몸을 가진 진운의 동체시력과 반사 능력으로 이제는 말의 리듬이 변하더라도 즉각 대처할 수 있었다.

그래도 역시나 아직은 말 타는 게 힘들긴 마찬가지였다.

그나마 승마라는 것이 정말 재미있으니 망정이지 아니면 진작에 말을 풀어주고 그냥 걸었을지도 모른다.

"그런데 여기는 상행을 떠나는 상인들이 없어?"

벌써 며칠째 첫 마을을 벗어나서 이동하고 있지만 상인은커녕 상인과 비슷해 보이는 사람들도 보이지 않았다.

현재 진운과 레이나가 말을 타고 이동하고 있는 길은 분명히 사람이 만든 길이 확실하기에 진운이 물어보자,

—음, 뭐 마을마다 다르긴 하지만 수도에서 멀리 떨어져 있는 마을일수록 상인들이 드나드는 횟수가 적어. 아마 1년에 한 번 정도는 이 길을 따라서 우리가 머물렀던 마을을 가는 상인이 있긴 할 거야.

"1년에… 한 번?"

진운은 상인이 마을을 찾아오는 게 1년에 한 번이라는 말에 혀를 내둘렀다.

사실 이곳은 지구와 달리 아직 자급자족을 하는 마을이 많

은 편이다.

수도와 가까운 곳이야 상거래가 활발하지만 진운과 레이나가 머물렀다.

떠난 마을의 경우 마을에서 수도까지 말을 열심히 달려도 평균 한 달 동안은 달려야 겨우 도착하는 거리였기에 마적 떼나 여러 가지 위험을 생각하면 1년에 한 번이란 것도 돈이 되기에 움직이는 것이었다.

하지만 진운은 소설에서 읽었던 상행하는 사람들을 만나서 용병도 만나고 여러 사람이 하는 이야기도 듣고 친해지며 위험도 만나면서 글이 아니라 직접 자신이 모험을 느끼고 싶은 마음이 큰 탓에 레이나와 단둘이 말을 타고 움직이는 길이 지루할 수밖에 없었다.

―진운.

"응?"

―이제 슬슬 시작해야지?

"시작? 뭘?"

―이곳의 공용어를 배우고 싶다고 했잖아.

"아……."

그러고 보니 마을을 벗어난 뒤로 역시나 레이나와 진운은 한국말로 계속 서로 대화하고 있었던 것이다.

단둘이서만 움직이는 여행이다 보니 언어의 중요함을 전

혀 생각지 못하고 있다가 레이나가 말하고 나서야 진운은 기억해 냈다.

―포란트 왕국의 수도로 들어가는데 나를 통해서 이야기를 나누는 것도 당연히 문제가 많을 거야. 특히나 병사들에게 의심을 살 수도 있는 일이고.

"그렇긴 하지."

어쩔 수 없이 진운은 이곳의 공용어를 무조건 배워야 하는 상황이 되어버린 것이다.

그리고 그때부터 예전에 바벨의 탑에서 처음 만났을 때 느꼈던 칼같이 냉정한 모습의 레이나를 진운은 오랜만에 대할 수 있었다.

＊　　＊　　＊

―진운은 생각보다 머리가 좋은 거 아니야?

"그런가?"

진운은 레이나의 가르침 아래 글자는 나중에 익히기로 하고 우선 언어만 중점적으로 배우기 시작했다.

원래 언어라는 것은 문장이나 뜻을 풀이하면서 체계적으로 배우는 것보다 자연스럽게 서로 이야기하면서 대화를 중심으로 이야기하듯 익히는 게 좋다.

실제로 지구에서도 영어를 대부분 배우긴 하지만 책 안의 지식으로 배운 영어는 오히려 직접 외국인을 만났을 때 말 한마디 뻥긋하기 힘들 만큼 죽은 언어라는 말이 그냥 나온 게 아니다.

오히려 어눌하지만 대화하면서 익힌 영어가 외국인들에게도 더 이해하기 쉽다.

결국 언어란 것도 많이 쓰다 보면 자연스럽게 입에 붙는 것이고, 그렇게 입에 붙은 언어가 발휘되는 것이 바로 대화인 것을 생각하면 레이나의 가르침은 확실히 실질적으로 바른 가르침이었다.

그런데 진운이 레이나의 예상보다 빠르게 언어를 습득하기 시작한 것이다.

―너무 빨라. 나도 대륙 공용어를 익히는 데 1년이 걸렸는데…….

레이나는 하이엘프로서 당연히 인간 사이도 오가는 위험한 역할도 해야 하기에 필수적으로 대륙 공용어를 익혀야 했다.

아니, 오히려 대륙의 인간들보다 더욱 공용어를 완벽하게 구사하는 편이었다.

그래야 자신이 하이엘프라는 것을 들키지 않을 테니 말이다.

그런데 진운은 가르치기 시작한 지 불과 10일 만에 한국말이 아니라 대륙의 공용어로 레이나와 대화하는 데 크게 불편하지 않을 정도로 습득해 버린 것이다.

물론 아직 발음이 약간 어눌하긴 하지만 듣고 이해하는 것만큼은 실수하지 않을 정도였다.

"음, 지구로 가면 다른 나라 언어를 좀 배워둘까."

사실 진운 스스로도 자신이 이렇게까지 머리가 좋을 줄은 몰랐던 것이다.

하지만 육체가 마나에 적응하면서 인간이 가질 수 있는 범위를 넘어섰는데 뇌가 그대로라면 사실 말이 되지 않았다.

당연히 균형을 맞추기 위해 뇌도 빠르게 진화했고, 마나의 적응을 마쳤던 것이다.

하지만 바벨의 탑을 나온 뒤 진운은 오로지 자신의 힘이 강해지는 것에만 집중했다.

당연히 그 훈련은 체술을 비롯해 바벨의 탑이 가지고 있는 모든 무술과 검술 등 오로지 강해지는 수련에 전념할 수밖에 없었다.

즉, 머리를 이용해서 뭔가 해볼 시도조차 하지 않았던 것이다.

그런데 이번에 지루함도 벗어날 겸 필요하니 배워둘 생각으로 익히기 시작한 대륙의 공용어를 익히는데 진운 본인이 생각해도 이상하게 쉬운 것이다.

마치 이미 한 번 배웠던 것을 다시 배우는 것 같다고나 할까?

아무튼 언어가 인간이 배우는 공부 중에서 가장 복잡하고 어렵다는 이야기가 그냥 나온 게 아닌데도 진운은 너무나 쉽게 술술 기억하고, 한번 듣고 나서 바로 응용해서 레이나를 깜짝 놀라게 하기를 반복했던 것이다.

그리고 20일쯤 지났을 때에는 거의 레이나와 발음과 특징, 악센트를 복사라도 한 듯 똑같이 하면서 공용어만으로 대화해도 전혀 불편함이 없을 정도였다.

다만 가르친 사람이 여성인 레이나라 그런지 진운의 말투가 조금 냉정한 듯하면서도 이곳의 일반적인 남성들이 사용하는 특유의 악센트가 아닌 여성들이 사용하는 조금은 부드럽고 고급스러운 악센트를 사용했다.

—굉장해.

나름 엘프 사이에서도 천재로 불리는 하이엘프의 핏줄을 타고난 레이나도 1년이 걸린 대륙의 공용어를 진운은 말 타고 이동하면서 20일 만에 완벽하게 마스터해 버린 것이다.

물론 글자는 아직도 전혀 알아보지 못하고 있지만 그것

도 아마 그리 오래 걸리지 않을 것이라고 레이나는 생각했
다.

우선 입과 귀만 트이고 나면 언어라는 것은 글자를 배우는
게 더 쉬운 편이다.

먼저 글자를 시작으로 배우는 한국의 외국어 교육 방식과
는 완전히 반대로 레이나는 진운을 가르쳤고, 그 결과는 대박
이었다.

─거의 다 온 것 같아.

레이나는 높은 언덕에서 제법 멀긴 하지만 지금까지 보았
던 풍경과 전혀 다른 사람 냄새가 진하게 풍기는 곳을 보면서
말하자 진운은 고개를 들었다.

"저기가 포란트 왕국이야?"

─정확하게는 포란트 왕국의 수도인 페란이야.

탁!

진운은 손에 들고 있던 책을 덮어버리고는 레이나에게 넘
겨주었다.

─읽을 만해?

"응, 뭐 영웅들을 기리는 연대기 같은 거지만 그냥 읽을 만
했어."

별것 아닌 것처럼 자신이 읽은 책에 대한 소감을 간단하게
말하는 모습에 레이나는 피식 웃으면서 책을 자신의 아공간

에 던지듯 넣어버렸다.

　―후후훗.

　대충 날짜 계산만 해도 공용어를 배운 지 27일 만에 진운은 대륙 공용어를 읽고 쓰는 것을 완벽하게 자기 것으로 만들어버렸다.

　물론 레이나가 일부러 언어를 배우기 시작한 후 진운에게 한국말이 아닌 공용어를 계속 사용하여 익숙해지도록 도와주긴 했지만 진운의 습득은 상상을 벗어나는 수준이었다.

　아마 나름 천재라고 떠드는 마법사들도 진운에 비하면 둔재로 취급당할지도 몰랐다.

　―우선 수도로 들어가기 전에 가까운 용병 길드에서 용병 등록부터 해야 될 거야.

　"용병이라……."

　진운은 역시나 이번에도 빠지지 않고 나오는 것에 슬쩍 미소만 지었는데 레이나는 그걸 잘못 파악한 듯,

　―후후훗, 잊은 건 아니지? 현재 진운은 무엇으로 신분을 증명할 거야?

　살짝 놀리듯 진운에게 말했다.

　"알아. 용병이 가장 편하다는 걸."

　―……?

레이나는 당연히 진운이 용병 등록에 대해서 질문을 해올 것으로 예상하고 자세하면서도 확실하게 알려주기 위해서 준비를 하고 있는데 의외로 진운은 그걸로 입을 다물어 버린 것이다.

"왜 그리 뚱한 표정이야?"

―궁금하지 않아? 용병 등록을 어떻게 하고 어떤 식으로 진행되는지 말이야.

"아……."

진운은 레이나가 왜 뚱한지 눈치를 채고는 씨익 웃으면서,

"아마 용병 길드를 찾아가서 나 용병 하고 싶은데요 하고 말하면 그쪽에서 수수료를 받고 적당한 실력을 위해 시험을 하겠지. 그리고 그걸 통과하면 실력에 따라 등급이 있는 용병패나 용병증명서를 받는 거 아니야?"

―…….

마치 용병 등록을 해본 것처럼 한 번의 막힘도 없이 레이나에게 설명하는 진운의 말을 듣고 난 뒤에 레이나는 고개를 흔들더니,

―도대체… 지구의 판타지 소설은… 어떻게 돼먹은 거야. 용병 등록하는 것까지 저렇게 자세하게 알다니…….

정말 두 손 두 발 다 들어 버린 레이나였다.

하지만 진운은 웃으면서,

"맞아?"

—그래, 맞아. 도저히 진운을 보고 있으면 차원을 처음 넘은 이방인이라는 생각이 들지 않아. 어떻게 나만큼 모르는 게 없으니…….

레이나가 전혀 가르칠 게 없었던 것이다.

나름 지구에 있을 때 진운에게 끌려 다닌 경험이 자존심 강한 레이나에게 어느 정도 상처가 되었는지 차원을 넘어 자신의 고향으로 돌아왔다는 것을 알고 난 뒤로 레이나의 성격은 지구와 달리 많이 부드러워지고 일반적인 여자로 보일 만큼 평범해졌다.

그리고 마치 아르바이트 고참이 신입에게 무언가 가르치고 싶어 하는 모습으로 진운에게 자신이 알고 있는 이곳의 생활을 알려주려고 했지만, 어찌 된 것인지 진운은 레이나가 알려주기 전부터 다 알고 있기에 실망만 하다가 결국 이제는 아예 가르쳐 주려는 것을 포기해 버렸다.

진운이 물어보면 모를까, 먼저 레이나가 나서서 가르쳐 주려고 하지 않게 된 것이다.

"용병인가?"

진운과 레이나가 수도로 들어가기 위해 꼭 거쳐야 하는 관문과 같은 초소에 도착하자 네 명이 한 조를 이룬 듯한 병사가 진운과 레이나를 막아섰다.

"네, 마을에서 용병이 되기 위해 방금 왔습니다."

진운이 나름 어눌해 보이도록 말을 하자 병사는 잠시 진운을 살펴보더니 곧 레이나를 향해 시선을 돌렸다가 움찔거렸다.

수도에서 생활하는 병사이긴 하지만 레이나 정도의 미모를 가진 여자는 사실 처음이었다. 진운은 대충 보는 것과 달리 레이나는 조금이라도 더 보려는 듯 뚫어지게 보다가 레이나가 내민 용병패를 보더니,

"A급 용병이라……."

용병 등급 중에서도 상위에 속하는 용병패를 보자 노골적으로 레이나를 쳐다보던 시선을 바로 돌려 버린 병사였다.

"통과!"

가지고 있는 것이라고는 로브와 롱소드 한 자루인 진운과 같이 로브와 옷이 전부인 레이나를 검문할 것도 없었던 것이다.

그런데 이렇게 진운과 레이나가 초소를 통과해서 지나가는 모습을 초소 위에서 내려다본 사람이 있었다.

"보기 드문 미모로군."

초소라고 해봐야 겨우 2~3미터 높이에 감시탑을 겸한 것

이 하나 있을 뿐인데 때마침 그곳에 기사 수업을 받고 이제 마지막으로 군 복무를 위해 잠시 나와 있던 귀족 하나가 있었던 것이다.

"알아봤나?"

레이나와 진운이 초소를 지나 걸어가는 모습을 지켜본 녀석이 슬쩍 병사에게 물어보자 조금 전 진운과 레이나를 직접 만났던 병사가 녀석에게 고개를 숙이면서 인사했다.

"헬덴트 기사님, 방금 기사님이 알아보라고 하신 저 일행은 용병입니다. 여자 쪽은 A급 용병이고 옆의 남자는 이번에 용병이 되기 위해 올라온 듯했습니다."

"오~ 용병! 그것도 A급?"

헬덴트는 병사의 말에 조금은 감탄하는 듯한 제스처와 함께 이제는 시야에서 거의 사라지고 있는 진운과 레이나를 쳐다보더니,

"녀석들 무장은?"

"네? 아, 남자가 롱소드를 허리에 차고 있지만 검 손잡이에 손때가 전혀 없는 것을 보니 뽑은 적도 없을 것으로 예상됩니다. 그리고 여자는 빈손이었습니다."

"빈손?"

헬덴트는 병사의 말을 듣고서 가만히 생각해 봤다.

　병사의 말을 들어보면 남자 쪽은 전혀 문제될 것이 없어 보였다. 하지만 A급 용병패를 가지고 있는 여자가 이상하게 신경에 거슬렸다.

　용병은 으레 자신만의 특기가 있게 마련이다.

　그리고 그런 특기를 최대한 살려주는 무기는 필수였다.

　특히나 자기 목숨을 돈으로 바꿔서 살아가는 용병들은 일부러라도 자신의 무기를 드러내 놓고 다니는 편이다.

　용병에게 명성과 유명세는 곧바로 자신의 수입과 직접적으로 관련이 있다 보니 유명해지고 싶어서 안달 난 것이 바로 용병이기도 했다.

　하지만 헬덴트도 아직까지 빈손으로 다니는 A급 여자 용병이 있다는 말은 들어본 적이 없다.

　사실 여자 용병 자체도 그렇게 흔한 편이 아니지만 A급 용병 중에 여자는 헬덴트도 이번에 처음 본 것이다.

　거기다 그 정도의 미모라면 당연히 자신도 들어본 적이 있어야 하는데 아무리 기억을 뒤져도 기억나는 용병이 없었다.

　"혹시 넌 기억하는 용병이냐?"

　"넵? 저도 잘……."

　병사는 헬덴트의 얼굴을 마주하더니 땀을 삘삘 흘리면서 억지로 기억해 내려고 노력하는 듯했지만,

"저도 이곳 초소에서 15년째 근무하고 있지만 처음 보는
용병입니다."

"흐음, 그렇단 말이지?"

이곳은 포란트 왕국의 수도인 페란으로 들어가기 위해서
는 무조건 지나가야 하는 곳이다.

그리고 그곳에서 15년 동안 근무한 병사가 처음 보는 얼굴
이라면 어쩌면 용병이 된 지 얼마 되지 않은 초짜일지도 모른
다.

사실 레이나 정도의 미모를 가진 A급 여자 용병은 아무리
자신이 숨기려 해도 용병들 사이에서 소문이 날 수밖에 없
다.

일반적으로 여자 용병은 거의 적당한 임무를 하면서 고용
주가 돈을 더 주면 자신의 몸을 파는 게 대부분이다.

레이나 정도의 미모와 몸매를 가진 여자 용병은 등급을 떠
나 소문이 퍼지지 않을 수가 없었기 때문이다.

"병사!"

"네, 기사님."

헬덴트는 자신 앞에 있는 병사에게 근엄한 목소리로 부르
더니,

"나 이만 퇴근한다."

"네? 아, 네. 나머지는 제가 알아서 하겠습니다."

"후후훗, 그래야지. 그럼 수고해."

나이 차이로만 봐도 병사가 헬덴트보다 두 배는 많아 보였지만 어쩔 수 없었다.

헬덴트는 곧 군복무가 끝나면 정식으로 기사 서임을 받는 귀족이었고, 병사는 죽을 때까지 이곳에서 검문을 해야 하는 병사일 뿐이었으니 말이다.

오히려 병사는 헬덴트에게 자신의 간이라도 떼어다 바칠 것처럼 아부를 떨고 있었다.

사실 검문을 하는 위치에 있는 병사는 정말 고달팠다.

말이 검문이지 시작할 때부터 끝날 때까지 오직 사람을 상대해야 했으니 말이다.

거기다 작년에 이곳에서 검문을 하던 병사 하나가 이곳에 단기로 부임했던 기사의 마음에 들어 한순간에 검문소에서 수도 페란의 치안 쪽으로 자리를 옮겼기에 지금 이곳 초소의 병사들은 헬덴트가 원하면 자신의 딸이라도 가져다 바칠 것이다.

검문 초소와 수도 페란에 있는 치안 업무를 하고 있는 병사들의 대우가 비교 자체가 불가능할 만큼 컸으니 당연했다.

월급부터 나라에서 나오는 보급 물품까지 무엇 하나 부족한 게 없는 수도 페란의 치안을 담당하는 병사와 하루 종일 사람을 검문하고 서 있어야 하는 검문 초소의 병사들은 고생은 고생대로 하고 월급은 병사 중에서도 가장 적었다.

사실 이곳에 있는 병사 누구라도 기회만 있다면 수도 페란으로 들어가고 싶어 안달이 나 있는 상태에서 작년에 병사 하나가 떡하니 기사에게 아부 하나 잘 떨어서 팔자가 폈다는 것을 듣고는 서로 앞 다투어 헬덴트에게 잘 보이려고 용을 쓰고 있는 형편이다.

한번 검문 초소로 발령 나서 근무를 시작하면 퇴역할 때까지 이곳을 벗어나지 못한다는 게 일반적이었으니 말이다.

한편으로 병사들이 자신에게 잘 보이려고 용을 쓰는 것을 알고 있는 헬덴트는 최대한 그걸 이용해서 거의 일주일에 하루 정도만 근무를 서기 위해 나오는데, 하필 헬덴트가 근무를 서기 위해 나와 있던 이날 때마침 진운과 레이나가 지나가다 그의 눈에 띄어버린 것이다.

"검문 초소를 지나도 한참을 더 가야 마을이라니……."

진운은 처음에 검문 초소를 지날 때만 해도 바로 용병 등록을 할 수 있을 것으로 생각했다.

그런데 이놈의 동네는 어떻게 된 게 검문 초소를 지난 지 30분이 넘도록 말을 타고 가고 있지만 마을은 보이지 않았다.

─아직 우리가 온 만큼 더 가야 첫 번째 마을이 나올 거야.

"왔던 만큼 더?"

―왜?

"도대체 왜 이렇게 검문 초소와 마을 거리가 넓은 건지. 물론 이해가 가지 않는 건 아니지만… 이건 좀 아니다."

사실 진운은 불평을 하고 있긴 하지만 검문 초소와 마을 사이가 왜 넓은지 정도는 어느 정도 이해하고 있었다.

혹시라도 전쟁이 나 적이 쳐들어올 때 최대한 피할 시간이 주기 위해 검문 초소를 저렇게 멀리 떨어진 곳에 세워놓았을 것이다.

다만 그런 의도와 달리 레이나의 말을 들어보면 대륙의 다른 왕국이나 제국은 포란트 왕국을 전혀 신경 쓰고 있지 않다는 게 문제였다.

포란트 왕국이 없어지면 자신들이 절망의 평야와 마물의 숲을 상대로 관리해야 되는데 어차피 별로 크지도 않고 제국에 비하면 웬만한 백작 영지보다 조금 더 클 뿐인 이런 변두리 왕국을 누가 욕심내겠는가?

전쟁도 서로 뭔가 얻을 것이 있어야 하는 법이다.

하지만 포란트 왕국은 얻기보다 그냥 두고 내정 간섭이나 하는 게 오히려 이득이었고, 포란트 왕국의 국민들도 자신들의 왕국을 아르돈 제국이 관리하는 속국쯤으로 알고 있었다.

오죽하면 포란트 왕국이라는 말보다 아르돈 제국의 속국
이라는 걸 더 자랑스러워하는 귀족이 있다고 하니 더 이상 말
해 무엇 하겠는가

다각다각다각.

끼이익!

막상 도착한 마을은 생각보다 그리 크진 않았지만 수도를
들어가기 위해서는 꼭 거쳐야 하는 마을이다 보니 마을 규모
에 비해서 사람은 엄청 많은 편이었다.

그리고 생각보다 쉽게 용병 길드를 찾을 수 있었다.

마을 중앙에 커다란 3층 건물에 대문짝만 하게 검과 방패
문양이 그려진 간판이 떡하니 자리 잡고 있는 건물은 용병 길
드 하나뿐이었으니 말이다.

문을 열고 들어가자 진운과 레이나를 반긴 것은 새치름한
인상의 여자였다.

"무슨 일이죠?"

한순간에 진운의 머리끝부터 발끝까지 스캔하듯 살펴본
여자는 레이나까지 그 짧은 시간에 살펴보고서야 자리에서
일어섰다.

"용병 등록을 하러 왔습니다."

"흐음."

진운이 그동안 레이나에게 배운 대륙 공용어를 능숙하게

사용해 말하자 잠시 진운을 물끄러미 바라보던 여자는,

"풋."

웃어버렸다.

"……?"

진운이 갑자기 여자가 왜 웃는지 몰라서 고개를 갸웃거리자,

"몇 살이지?"

대놓고 갑자기 반말을 한 여자는 진운에게 가까이 다가오더니 얼굴을 자세히 쳐다보면서,

"이곳은 어린애가 올 곳이 아니란다."

그러면서 진운의 이마를 손가락으로 슬쩍 밀려고 했다.

하지만 진운은 그런 그녀의 손가락이 이마에 닿기 직전 갑자기 몸을 틀어 그녀의 옆으로 돌아서더니 무심히 지나쳤다.

그리고는 조금 전 그녀가 앉아 있던 곳으로 다가가 무언가 찾는 듯 뒤적거리기 시작했다.

"야!! 꼬마야!!"

"……?"

진운이 자신을 무시했다는 것에 짜증났는지 그녀가 갑자기 큰소리를 쳤다.

그 신경질적 반응에 진운은 무심히 그녀를 돌아봤다가 신

경도 쓰지 않고 무언가 뒤지는 작업을 계속했다.

그런 진운의 모습에 여자는 귀까지 빨갛게 변하더니 진운의 어깨를 잡으려고 손을 뻗었다.

획!

"……!!"

하지만 진운은 뒤통수에도 눈이 달렸는지 너무나 자연스럽게 그녀의 손을 피해 버렸다.

그리고는 고개를 돌려 그녀를 보고 씨익 웃더니,

"용병 신청서 찾았네요."

"뭐, 뭐 이런 녀석이 다 있어!"

여자는 자신을 무시한 것도 모자라 멋대로 용병 신청서까지 찾아서 유유히 적기 시작하는 진운의 모습에 기가 차는지 콧바람을 심하게 내뿜고는,

"너 몇 살이야?"

"스물일곱 살."

"뭐?"

진운은 돌아보지도 않고 대답하고는 계속 용병 신청서를 작성했다.

하지만 진운의 나이를 들은 여자는 설마 자기보다 어려 보이는데 두 살이나 많다는 것을 믿을 수 없는 듯 레이나를 돌아보면서,

"일행이지?"

─맞아요.

"스물일곱 살 맞아?"

─맞아요.

"말도 안 돼. 저 얼굴에……."

사실 동양인이 의외로 동안인 경우가 많았다.

워낙 어려 보이는 외모가 많은 편이기도 하지만, 외국인이 볼 때 한국인 같은 동양인은 특히 나이를 가늠하기 힘들다.

그들의 기준으로는 전체적으로 어려 보이는 것이다.

때문에 동양인을 만나면 나이를 먼저 물어보는 서양인도 많았다.

물론 진운이 이렇게 막나가는 건 어려 보인다는 것에 발끈해서가 아니다. 지금까지 도움이 됐던 판타지 소설에서 보면 용병들은 처음 기 싸움에 밀리면 나중에 귀찮아진다.

직업 특성상 거칠고 단순한 사람들 투성이이기에 조금은 안하무인격으로 나가야 귀찮아지지 않음을 기억하고 그대로 따라 했을 뿐이었다.

물론 첫 대면에 반말로 무시하는 그녀의 행동도 어느 정도 영향이 있긴 했지만 말이다.

"이거 어디에 제출하죠?"

그사이에 신청서를 다 써서 흔들고 있는 진운의 모습에 그
녀는 잠시 진운을 바라보더니.

"흥!"

콧바람을 강하게 일으키고는 진운의 손에서 신청서를 낚
아채더니,

"5실버."

자기가 했던 실수는 생각지도 않고 뾰족한 눈빛과 시선으
로 진운을 보면서 손을 내밀었다.

이미 레이나에게 돈을 미리 받았던 진운은 품에서 5실버를
꺼내 주자,

"등급을 설정하고 싶으면 10실버 추가."

대화하기 싫은지 말이 많이 짧았지만 애초에 진운도 마
찬가지였는지 말없이 10실버를 꺼내 그녀의 손에 올렸
다.

"옆으로 가서 데란트를 찾아. 그럼 그가 알아서 해줄 거
야."

그리고는 찬바람이 쌩쌩 불 만큼 강하게 고개를 돌려 뒤쪽
사무실로 들어가 버렸다.

―후후훗, 진운, 의외로 여자한테 미움 받는 성격인가 보
네?

레이나는 진운과 용병 사무실 여자와의 기 싸움이 재미있

는지 웃으면서 진운의 곁으로 다가왔지만 진운은 어깨를 으쓱거리면서,

"먼저 시비 건 건 그쪽이야."

—아무튼 그놈의 자존심은…….

의외로 진운이 누군가에게 무시당하는 것을 싫어한다는 것을 알고 있는 레이나는 오히려 구경하는 재미가 더했다.

—가자. 그리고 용병 길드 사무실 직원과 사이가 나빠서 용병한테 이득이 될 건 하나도 없어. 그건 명심해.

사실 용병 길드 사무실 직원들의 권력이 제법 있는 편이긴 했다.

일반적으로 용병을 원하는 사람들이나 일을 원하는 용병 모두 용병 길드를 통할 수밖에 없었다.

용병 길드는 용병들의 신분을 보장하고 용병을 원하는 사람들은 용병 길드의 신용을 보고 용병을 쓰기 때문이다.

거기다 용병들도 굳이 자기들이 발품 팔아가면서 돌아다니지 않아도 용병 길드를 통하면 자신이 원하는 일거리를 쉽게 찾을 수 있다 보니 용병 길드에 가입하지 않은 용병은 도적 취급을 할 만큼 용병 길드의 권력이 막강해졌다.

거기다 처음에는 몇 개의 갈래로 나눠져 있던 용병 길드가 100년 전에 큰 전쟁이 한 번 있은 뒤 하나의 용병 길드로 통합되면서 그 권력이 더욱 강해져 버렸다.

대규모 전쟁부터 경호를 위한 소규모 용병을 구하는 것까지 길드를 통하지 않으면 안 된다는 게 하나의 상식으로 자리 잡아버렸으니 지금 진운의 행동은 결코 옳은 행동이라고 보기 어려웠다.

하지만 진운은 그런 레이나의 말에도 아무렇지 않은 듯,

"어차피 내가 용병 활동할 것도 아니고 그냥 신분 패스용인데, 뭐."

―하긴…….

어차피 진운은 용병으로 돈 벌 것도 아니기에 용병 길드 사무실의 콧대 높은 여자의 자존심 따위는 애초에 관심조차 없었던 것이다.

Chapter
08
A급?

　진운이 그녀가 말했던 문을 열고 나가자 작은 도장 크기만 한 공터가 보였다.

　"여긴가?"

　진운의 기척을 느꼈는지 맞은편에 의자에 앉아서 꾸벅꾸벅 졸던 대머리가 실눈을 떴다. 제법 인상만으로도 먹고살 법 한 그가 진운을 아래위로 훑어보았다.

　"뭐야?"

　역시나 용병답게 첫마디부터 반말이었다.

　"데란트라는 사람을 찾아왔습니다."

“나다.”

삐그덕~

데란트가 앉아 있던 의자에서 엉덩이를 떼자 그동안 데란트의 무게를 감당하고 있던 의자가 비명을 지르듯 소리를 냈다.

“음, 등급 신청은 누구? 너? 아니면 그쪽 아가씨?”

데란트도 남자인지 레이나에게 아가씨라고 하는 것을 보니 확실히 여자는 얼굴이 예쁘고 봐야 하는 모양이다.

진운에게는 너라고 하면서 레이나에게는 넌이라는 말이 아니라 아가씨라고 하는 것을 보면 말이다.

“접니다.”

“쯧쯧쯧…….”

진운이 자신이라고 말하자 대뜸 혀를 차면서 조금 전 사무실 아가씨가 그랬듯 진운을 슬쩍 곁눈질로 스캔하는 데란트의 눈빛이다.

“다칠지도 모른다.”

일부러 눈가에 힘을 주면서 인상까지 쓴 데란트에게 진운은 딱 봐도 시골 촌구석의 어린 녀석이 치기 어린 생각으로 용병이 되겠다고 와서 떼쓰는 모습으로 보였을 것이다.

그러거나 말거나 진운은 웃으면서,

“어떻게 하는 거죠?”

"허참, 역시 세상 물정 몰라서 그런가."

지금까지 허접한 녀석들은 데란트가 인상을 쓰면서 노려보기만 해도 오줌을 지리면서 도망가기 바빴는데 진운은 오히려 웃기까지 한다.

데란트는 어쩔 수 없이 매운맛을 보여줘야겠다고 다짐하고 진운이 서 있는 쪽으로 가더니,

"너 쓸 줄 아는 무기는 있냐?"

"음, 검이나 창… 아니면 맨손으로 하는 것도 상관없습니다."

"오호!"

데란트는 진운의 말에 의외라는 듯 감탄사를 내뱉었다.

물론 검이나 창에서 놀란 것이 아니라 맨손으로 하는 것에서 놀란 것이다.

"혹시 그래플러냐?"

"비슷합니다."

"그렇단 말이지?"

데란트는 갑자기 깔보는 듯한 시선에서 눈동자가 번뜩이더니 호기심이 가득한 눈동자로 변해 버렸다.

"그럼 오랜만에 나도 그래플러 기술을 써볼까?"

꽈드득!! 꽈득!

마치 좋은 장난감을 만난 듯 어깨와 목을 돌리자 뼈끼리 부

덮치면서 요란한 소리가 울렸다. 데란트는 오히려 그동안 굳어 있던 몸을 풀었다는 듯 개운한 표정이다.

"웃싸!!"

힘찬 기합 소리와 함께 상체를 낮추더니 거의 190㎝는 넘어 보이던 데란트의 키가 순식간에 진운의 허리 아래까지 낮아졌다. 진운이 신기한 듯 쳐다봤다.

"뭐야? 넌 준비 안 해?"

이곳에서 그래플러 기술은 모두 상체를 낮추는 것인지 모르지만 진운은 씨익 웃으면서,

"제가 배운 건 그냥 이대로 하는 겁니다."

"훗, 웃기고 있네."

데란트는 방금 진운의 말에 진운이 허풍을 떠는 거라고 생각했다.

대륙에서 그래플러 기술은 데란트가 배운 준비 자세를 기본으로 시작되는 기술이 유일했다.

그렇기에 자신의 자세를 보고도 멀뚱하니 서 있는 진운이 허세를 부리려고 맨손 기술을 사용할 줄 안다고 하는 걸로 생각해 버린 것이다.

사실 그래플러 기술은 기사들이 먼저 만들어낸 것으로, 전쟁 중에 검을 잃어버리거나 맨손으로 적을 상대하기 위해서 만들어진 살인 기술이다.

하지만 그래플러의 준비 자세가 상대를 향해 마치 절을 하는 듯 심하게 상체를 숙이는 모습 때문에 결국 귀족들은 체면 문제로 익히지 않게 되었고, 그러다 보니 자연스럽게 그래플러 기술은 용병들에게로 흘러가 버린 것이다.

애초에 검을 잃어버렸거나 어쩔 수 없는 상태일 때 사용하는 맨손 기술인만큼 기술 하나하나가 상대의 급소나 약점을 노리는 것이 전부였다.

그리고 맨손으로 상대를 죽여야 하는 전쟁 중에 생겨난 기술이다 보니 보기에는 이상해 보일지 모르지만 용병들 사이에서는 그래플러 기술을 사용할 줄 아는 용병은 의외로 알아주는 편이었다.

그리고 데란트도 나름 용병들 사이에서 유명세가 있는 자였다.

지금이야 나이를 먹고 은퇴를 해서 용병 길드에서 등급 심사를 하고 있지만 왕년에는 제법 날렸던 용병인 것이다.

"오세요."

진운이 오히려 서 있는 그대로 데란트에게 오라고 손짓까지 하자,

"칫! 어디 한 군데 부러뜨려야 정신 차릴 애송이군 "

누가 봐도 진운의 모습은 허세였기에 데란트는 일부러 상체를 크게 부풀리면서 정면으로 파고들었다.

웅크려 있던 자세에서 갑자기 상체를 부풀리면서 달려들면, 경험이 없는 사람이라면 순간 놀라서 손발이 굳어 버린다는 것을 데란트는 이미 경험으로 알고 있었다.

하지만,

휙!!

부웅~

쿵!!

"쿨럭!"

순간 진운을 향해 달려들어 진운의 어깨를 잡은 데란트는 갑자기 세상이 뒤집어지는 것을 보았고, 곧바로 엄청난 충격이 그의 등에 느껴졌다.

"뭐야?"

자신이 어떻게 땅으로 내던져졌는지도 모를 만큼 순식간에 벌어진 일에 다시 일어선 데란트는 진운을 바라봤다.

"방금 그건 뭐… 냐?"

분명히 데란트는 진운의 어깨를 잡았었다.

그런데 잡는 순간 오히려 무언가 빨려들어 가는 듯 팔에 힘이 빠지더니 세상도 뒤집어진 것이다.

"말도 안 돼."

지금까지 그 어떤 상대에게서도 내던져진 적이 없는 데란트는 설마 애송이처럼 보이는 진운이 자신을 던졌다는 것이

믿어지지 않았던 것이다.

"아닐 거야."

그동안 용병 생활을 해온 경력이 얼마인데 이렇게 허무하게 내던져진단 말인가?

데란트는 다시 상체를 숙이더니 그래플러 자세를 잡고는 방금 전과 달리 신중하게 진운을 살폈다.

"……."

하지만 진운은 그냥 서 있을 뿐 변한 게 없었다.

"내가 실수했나?"

은퇴하고 몇 년 만에 그래플러 기술을 사용하다 보니 혹시나 자신이 뭔가 실수를 했을지도 모른다고 생각한 데란트는 이번에는 신중하게 진운을 살폈다.

사사사사사삿!!

마치 땅을 빠르게 기어가는 도마뱀처럼 낮은 자세로 데란트가 진운의 허리를 향해 뛰어들었다.

'잡았다!'

데란트 자신이 생각해도 지금 파고든 속도는 빨랐다.

눈앞에 진운의 허리가 보였기에 손을 뻗었다.

UFC를 보면 가장 많이 나오는 기술이 바로 태클인데, 보기에는 별것 아닌 것처럼 보이지만 실제로 가장 역사가 오래된 그래플러 기술이다.

거기다 전쟁 중에 생겨난 태클은 맨손으로 검을 든 상대를
제압하기 위한 기술이다 보니 빠르면서도 낮게 움직이기에
막기가 쉽지 않은 편이다.

짜악!

아까와 달리 이번에는 확실하게 진운의 허리를 손으로 잡
은 데란트는 그대로 허리에 힘을 잔뜩 주고는 진운을 번쩍 들
어 그대로 땅에 패대기치려고 했다.

“응?”

그런데 무슨 일인지 데란트의 허리에 힘이 들어가지 않았
다.

“뭐, 뭐야, 이거?”

거기다 갑자기 허리에 힘이 빠지더니 진운의 허리를 잡고
있던 팔에도 힘이 빠지면서 풀려 버렸다.

그리고 다시 데란트의 눈에는 세상이 뒤집혀 버렸다.

휙!!

쿵!!

“쿨럭!”

믿을 수 없지만 두 번이나 진운에게 패대기쳐진 것이다.

다만 처음과 달리 이번에는 바로 일어나지 않고 잠시 숨을
고른 데란트는 일어나 앉더니,

“너, 누구한테 배웠냐?”

“독학입니다.”

바벨의 탑에서 정보와 동영상을 보고 스스로 터득했으니 독학이 맞긴 했다.

“미친. 말도 안 돼.”

데란트는 겨우 애송이로 보이는 녀석에게, 그것도 독학으로 그래플러 기술을 익힌 녀석한테 힘 한번 써보지 못하고 땅바닥을 뒹굴었다는 게 믿어지지 않았다.

하지만 자신이 땅바닥에 주저앉아 있으니 믿기 싫어도 믿어야 했다.

하지만 그렇다고 이대로는 물러나는 게 아무래도 자존심이 상했는지 다시 일어선 데란트는 구석으로 가 목검 두 자루를 가지고 오더니 하나를 진운에게 던졌다.

“아까 검도 다룰 줄 안다고 했지?”

“네.”

“그럼 대련이다.”

사실 방금 그래플러 대결만으로도 이미 진운은 A급 용병패를 받기 충분했다.

하지만 데란트는 애송이한테 지고는 못살겠다는 자존심 때문에 이번에는 목검까지 들고 와서 억지를 부리고 있는 것이다.

하지만 진운은 흔쾌히 데란트가 던진 목검을 받아 들고는 데란트와 마주 섰다.

"경고한다. 목검이지만 속에 강철심이 박혀 있어서 어딘가 부러질 수도 있다. 이의 없지?"

나름 데란트로서는 진운에게 협박이 섞인 경고를 한 셈이지만 이미 그래플러 대결에서 땅바닥을 두 번이나 뒹굴고 난 뒤에 한 경고는 그리 효과가 없었다.

오히려 진운이 고개를 끄덕이면서 씨익 입가에 미소를 보이자,

"치잇, 무시당하는군."

진운이 자신을 무시한다고 생각했는지 목검을 잡고 있는 손아귀에 힘을 강하게 주었다.

"하압!!"

시작이라는 말도 없이 곧바로 진운을 향해 뛰어들면서 검을 휘둘렀다.

역시 은퇴했다지만 나름 이름이 있는 용병이었는지 데란트는 빠르면서도 정확하게 진운의 품으로 파고들었다.

그는 목검을 사선으로 비스듬하게 들고 있다.

그 모습에 진운은 데란트가 검을 사용한 경험이 많다는 것을 대번에 눈치챘다.

일반적으로 일직선으로 검을 내려치는 것은 하수다.

머리 위에서 검을 일직선으로 정직하게 내려치는 것은 어

느 정도 경험만 있으면 발놀림만 몇 번 해도 피할 만큼 피하기 쉬운 편이다.

거기다 머리 위에서 내려치는 기술은 상대가 막으면 그나마 힘으로 눌러 버리는 등 방법이 많은 편이지만 상대가 보법으로 피해 버리면 검이 땅으로 내려간 만큼 완전 무방비가 되는 기술이기도 했다.

그래서 검을 사용한 경험이 많은 사람들은 중심에서 살짝 벗어나게 검을 틀어쥐고 사선으로 검을 내려치는 게 거의 정설이다.

하지만 살짝 벗어나게 검을 틀어쥐고 내려치는 기술은 결코 검을 쓰는 사람한테 편하지 않는 단점이 있었다.

즉, 어쩌다 우연이라도 지금 데란트처럼 검을 중심에서 살짝 벗어나게 내려치는 자세를 한다는 것은 불가능하다는 것이다.

한마디로 수많은 경험과 노력으로 검을 다뤄본 사람만 가지는 특징이기도 했다.

"히얍!!"

데란트의 목검이 진운의 어깨를 노리고 빠르게 휘둘러지는 찰나,

딱!!

그동안 가만히 있던 진운의 오른팔이 움직이더니 정확하

게 데란트의 목검을 검끝으로 막아버렸다.

"……!!"

데란트도 설마 진운이 목검 끝으로 자신의 내려치기를 막을 줄은 몰랐는지 당황했다.

다시 데란트의 몸이 움직이면서 허리가 회전하더니 물 흐르는 듯 자세가 바뀌어 이번에는 진운의 허리를 향해 크게 휘둘렀다.

방금 그건 진운이 목검의 끝으로 내려치기를 막아내자 이어진 것으로 마치 처음부터 내려치기가 미끼로 착각할 만큼 동작의 연결이 부드러웠다.

하지만 그것도,

딱!!

진운이 목검의 손잡이 부분을 살짝 세워서 정확하게 허리를 향해 베어오던 데란트의 목검을 막아버렸다.

턱턱.

데란트는 방금 했던 2단 공격을 막아낸 사람이 지금껏 없었기에 막혔다는 충격에서 저도 모르게 뒷걸음질 쳤다.

그 순간 진운의 눈빛이 변하더니,

스윽!

진운의 오른발이 살짝 움직였고,

휙!

퍽!!

"쿨럭!!"

단 한 번 목검을 휘둘렀을 뿐이지만 이미 진운의 몸은 데란트의 뒤를 지나쳐 있었다.

"젠장, 말도 안 되게 강하잖아."

그제야 데란트는 진운을 외모로 판단한 자신의 실수를 한탄했다.

그는 이미 온몸에 힘이 빠져 버리면서 땅바닥으로 쓰러지고 있는 중이었다.

털썩.

은퇴해서 감이 많이 죽긴 했지만 데란트도 방금 진운의 공격으로 자신은 진운의 발끝에도 못 미치는 실력이라는 것을 확실하게 깨달았다.

물론 그 대가로 오늘 원없이 땅바닥에 얼굴을 처박는 고생을 하기는 했지만 말이다.

"조금 셌나?"

마나를 사용하지도 않고 보법을 밟으면서 빠르게 지나가는 속도를 빌려 허리치기를 했을 뿐인데 데란트가 너무나 허무하게 쓰러져 버리자 진운은,

'다른 방법으로 상대할걸.'

하고 후회하는 맘이 들긴 했지만 이미 엎어진 물이요, 떠나

버린 배였다.

　─뭐 크게 다치진 않은 것 같으니 괜찮겠지.

　레이나도 진운이 거의 힘을 빼고 휘둘렀다는 것을 알기에 별 걱정을 하지 않는 듯했지만 진운은 쓰러진 데란트에게 다가가더니,

　덥석!

　데란트의 뒷덜미를 움켜잡고는 일으켜 앉혔다.

　"숨을 편안하게 쉬세요."

　라는 말과 함께 데란트의 등에 손바닥을 살짝 가져다 대면서,

　"흡!"

　강하면서도 짧은 호흡과 함께 데란트의 등을 때렸다.

　"쿨럭! 헉헉헉헉!"

　그러자 기절하듯 쓰러졌던 데란트가 갑자기 고개를 번쩍 들면서 거친 숨을 몰아쉬더니 깨어난 것이다.

　"잠깐 쉬면 다시 몸에 힘을 돌아올 겁니다."

　그 말과 함께 진운은 땅바닥에 멍한 눈으로 앉아 있는 데란트를 뒤로하고 다시 용병 사무실로 들어가 버렸다.

　"도대체… 뭐야? 어떻게… 이런 기술이……."

　나름 A급 용병으로 살아온 데란트가 진운에게 졌다는 것은 아까 진운이 등을 때리면서 자신의 숨통을 터줄 때 같이 날아

가 버린 상태였다.

오히려 지금 자신이 누굴 만난 건지 어리둥절할 뿐이다.

말도 안 되는 무력이다.

지금까지 기사도 만나보았고 전쟁 용병으로 활동하면서 최상급에 오른 오러를 사용하는 기사도 만나보았다.

하지만 단언컨대 그 누구도 진운과 같은 능력을 보인 기사는 없었던 것이다.

"설마… 마스터는 아니겠지?"

데란트는 스스로도 말도 안 되는 생각을 하고 있다고 생각하면서도 머릿속에서 지우지 못하는 것은 어쩔 수 없었다.

마스터.

검을 든 사람이라면 용병이든 기사든 누구를 막론하고 원하는 경지가 아닌가?

대륙에 현재 알려진 마스터는 단 세 명이다.

당연히 각각 공작의 지위를 가지고 있고, 국가적인 일이 아닌 이상 거의 움직이지 않는 사람이 바로 마스터이다.

일인 군단, 일인이 가질 수 있는 무력의 끝이라는 등 여러 가지 수식어가 붙어 있지만 한번 마스터가 움직이는 순간 지고 있던 전쟁도 이기는 게 당연하다고 할 만큼 상식을 벗어난 존재가 바로 마스터인 것이다.

물론 데란트도 아직까지 마스터를 본 적이 없다.

일개 전쟁 용병 주제에 한 국가의 방어를 책임지는 공작의 마스터를 만난다는 건 꿈에서도 생각하지 못할 일이니 말이다.

하지만 최상급의 오러를 사용하는 기사는 직접 눈으로 본 적이 있다.

그 경험에 비추어보면, 말도 안 된다고 생각하면서도 진운을 향한 그의 평가는 마스터에서 떨어질 줄 몰랐다.

물론 진운은 오러를 보인다든가 마스터의 증거라고 불리는 오러 블레이드를 보이지도 않았다.

하지만 그동안 용병으로서 살아온 데란트의 감각이 진운이 마스터라고 말하고 있다.

"젠장, 등급을 어떻게 정해야 하는 거야?"

분명히 자신에게 보인 실력은 A급이다.

하지만 데란트 자신이 느끼기에 진운은 자신을 상대하면서도 실력에 0.1할도 보이지 않았다.

그 증거로 진운의 호흡은 흐트러지긴커녕 마지막에 목검으로 허리를 후려칠 때도 표정의 변화가 없었으니 말이다.

그러다 보니 눈에 보이는 결과로는 A급이지만, 데란트의 감각은 계속 SS급이라고 소리치고 있는 상황에 갈등할 수밖에 없었다.

아직까지 그 어떤 용병도 S급 이상을 받아본 적이 없기에

자신의 느낌과 눈에 보이는 결과를 갈등하던 데란트는 결국 자리에서 일어서더니,

"어차피 실력이 좋다면 결국 드러나겠지."

그러면서 조금 전 자신이 앉아 있던 의자 옆의 탁자로 가더니 A급 도장을 꺼내 쾅! 하고 찍어버리고는 그걸 가지고 진운이 들어간 문이 아닌 반대쪽 문으로 들어가 버렸다.

―A급?

레이나는 진운이 받은 용병패에 찍힌 등급을 보고는 눈살을 살짝 찌푸렸지만,

"상관없어. 어차피 신분 증명만 되면 되니까."

―뭐, 그렇긴 한데… 그래도 최소한 S급은 나올 줄 알았는데……. 그 데란트라는 녀석, 어지간히 보는 눈이 없는가 봐.

데란트가 진운의 등급을 놓고 머리가 빠지도록 고민했다는 것을 알 리 없는 레이나는 A급을 준 데란트를 향해 으르렁거렸다.

"가자."

진운은 레이나를 살짝 달래고는 다시 말을 타고 마을을 벗어났다.

용병패도 받았겠다, 더 이상 이곳에서 지체할 이유가 없어 보였는데 의외의 곳에서 진운과 레이나는 멈춰 서야만 했다.

"거기 용병!! 멈춰라!!"

마을을 제법 벗어나서 마을이 보이지 않을 정도로 멀리 왔을 때 갑자기 진운과 레이나 앞으로 말을 타고 갑옷을 입은 기사 하나와 스무 명의 무장한 병사가 길을 막아선 것이다.

"난 수도 페란 소속의 기사 헬덴트다. 거기 용병은 잠시 검문이 있겠다."

"……?"

―……?

뜬금없이 나타나서는 검문을 한다는 헬덴트의 말에 진운과 레이나가 서로 쳐다보면서 영문을 모르겠다는 표정을 지었다.

"적국의 스파이가 검문 초소를 통과했다는 명령을 받았다. 하나는 검은 머리에 노란 피부를 가진 남자고 하나는 금발에 미모… 험험, 아무튼 여자 하나와 남자 하나라는 명령이니 얌전히 따라라."

"……."

누가 봐도 어설픈 헬덴트의 모습에 진운은 금방 상황 파악이 됐다.

특히나 레이나를 바라보는 헬덴트의 눈빛에서 번들거리는 욕망을 보았으니 다른 설명이 더 이상 필요 없었다.

거기다 적국의 스파이라는 말도 안 되는 억지를 쓰면서 거우 병사 스무 명만 데리고 온 것 자체가 말이 안 되었다.

무장한 기사들이 출동해도 모자랄 판에 스파이를 잡는 데 기사는 달랑 헬덴트 혼자에 비루먹은 듯 비실거리는 모습에 창에 기대어 하품하는 병사까지 있는 모습을 보고 누가 그 말을 믿겠는가?

"자, 체포해라!!"

다짜고짜 병사들에게 명령하자 스무 명의 병사가 다가와 진운과 레이나를 감쌌다. 창을 내밀어 위협하듯 자세를 취하는데 보는 진운의 눈에도 한심할 만큼 병사들의 움직임이 느릿느릿했다.

—저희가 스파이라는 증거가 있나요?

레이나가 조용히 헬덴트를 향해 말하자,

"내가 봐서 넌 스파이다!"

—…….

"얌전히 무기를 버리고 투항하면 내가 선처를 해주……."

퍼억!!

"쿠엑!!"

욕정이 가득한 번들거리는 눈으로 레이나를 쳐다보면서 말하던 헬덴트는 자신의 말을 다 끝마치지도 못하고 갑자기 단말마의 비명과 함께 말에서 나가떨어져 저만치 굴러가 버렸다.

“……!!”

“……!!”

너무나 순식간에 벌어진 일에 레이나도 놀란 듯 눈동자가 커졌고, 레이나와 진운을 둘러싸고 있던 병사들도 턱이 빠져라 입을 크게 벌리고는 다물 줄을 몰랐다.

“헛소리 작작 좀 해라.”

방금 전까지 레이나 옆에 있던 진운이 어느새 헬덴트가 타고 있던 말 위에 서 있었다.

원래 있어야 할 헬덴트는 진운의 주먹을 맞고 저쪽 뒤쪽에 허리가 기이하게 꺾인 채로 땅을 뒹굴고 있었다.

부들부들.

온몸을 가늘게 떨면서 손가락을 꿈틀거리는 것을 보니 죽지는 않은 듯했지만 사지가 힘없이 늘어진 것을 보니 진운의 주먹 외에도 떨어질 때 갑옷의 무게가 주는 충격까지 더해져서 한순간에 허리가 부러진 듯 했다.

하지만 그보다 더 놀라운 것은 진운이 언제 움직였는지 이곳에서 본 사람이 아무도 없다는 것이다.

툭.

갑자기 진운이 헬덴트를 바라보다가 고개를 돌려 레이나를 둘러싸고 위협하던 병사를 쳐다보았다. 겁에 질린 병사 하나가 진운의 눈빛과 마주치자마자 저도 모르게 창을 놓아버렸다.

그리고 그게 시작인 듯,

투투툭, 투투툭, 투투툭.

순식간에 병사 모두가 손에 들고 있는 창을 놓아버리고는 울 것 같은 표정을 지었다. 그와는 반대로 입가에는 억지로 미소를 지어 보이더니,

"하하… 하, 스파이님이 아니셨군요. 몰라 뵀습니다."

그나마 가장 나이가 많아 보이는 병사 하나가 먼저 말하고는 뒷걸음질 치면서 길을 비켰다.

후다다다닥!

그러자 순식간에 스무 명이 넘는 병사가 길을 터주었다. 거기다 90도로 허리까지 숙이면서 진운에게 인사하는 것이다.

훌쩍~

턱.

진운은 그저 말없이 헬덴트의 말에서 내려와서 본래 자신이 타고 있던 말에 올라타고는,

"이랴~!"

가볍게 말의 배를 차고 출발했고, 레이나도 조용히 진운을 바라보다가 뒤따라 움직였다.

다그닥다그닥!

허리를 숙여 인사하던 병사들은 진운과 레이나의 말발굽

소리가 더 이상 들리지 않을 때까지 고개를 숙이고 있다가 슬쩍 들었다.

아무도 보이지 않는다. 눈치껏 살펴보고는 가버렸다는 것을 확인하자마자,

털썩!

그대로 주저앉아 버렸다.

"휴우! 젠장 오늘이 내 제삿날 되는 줄 알았네."

"그러게 말이야. 세상에……."

병사들도 눈이 있는 이상 갑자기 사라진 진운이 헬덴트의 말에서 모습을 드러내자 자신들이 어떻게 할 상대가 아니라는 것을 바로 깨달았다.

거기다 허리가 기이하게 뒤로 꺾여 병신이 되어버린 헬덴트는 더 이상 병사들에게도 검문 초소에서 벗어나게 해줄 구명줄이 아니고 말이다.

애초에 헬덴트가 레이나의 미모에 반해서 매번 하던 짓을 도와주려고 온 것이기에 목숨을 걸고 헬덴트를 지켜야 할 이유도 필요도 느끼지 않고 있는 병사들은 진운과 눈이 마주치자마자 미련없이 창을 놓아버린 것이다.

"그보다 기사님은 어쩌지?"

병사들은 잠시 진운으로 인해 받은 공포로 주저앉아 있다가 다시 일어섰다. 어쨌든 뒤처리를 해야 했다.

아직도 땅에서 부르르 떨고 있는 헬덴트 곁으로 다가가 투구를 벗겨보니 가관도 이런 가관이 없었다.

"입에 거품 물고……."

"눈깔이 뒤집혀 버렸네."

"그뿐인가? 오줌도 쌌구만. 냄새를 보니 똥도 싼 것 같은데?"

까마득한 하늘에 있던 헬덴트가 오히려 자신들보다 발아래로 보인 병사들은 당장 헬덴트를 데리고 부대로 돌아갈 생각은 하지 않고 모여서 웅성거리기만 했다.

"어쩌지? 헬덴트 기사님 부모가 톨른 백작이라고 하던데."

"젠장, 똥 밟았네."

톨른 백작이라면 현재 왕실기사단의 부단장으로 있다가 은퇴해 정치에 뛰어든 인물로 자기 아들이 저 꼴이 된 걸 알게 되면 무조건 자신들은 죽은 목숨이라는 생각이 들었다. 스무 명 모두 말이다.

눈치껏 지금까지 군 생활을 해온 노병들답게 자기가 입을 피해는 누구보다 민감하게 반응하긴 했지만 헬덴트의 상태는 더 이상 회생이 불가능했다.

신성 주문을 사용하는 사제가 있다고 해도 헬덴트는 아마 허리가 부러졌으니 병신으로 살아가야 할 것이다.

그리고 이 상황을 모두 이 자리에 있던 자신들이 책임져야 하는 건 당연하고 말이다.

"그냥… 튈까?"

"응? 그러다 걸리면?"

아까 진운에게 가장 먼저 말했던 병사가 이대로 도망가자고 하자 다른 병사들이 걱정스런 눈빛으로 물었다.

"내가 아까 헬덴트 기사님은 퇴근한 걸로 작성했고, 초소장님도 분명히 헬덴트 기사님이 퇴근하는 걸 봤잖아. 그냥 우리가 이대로 조용히 사라지면 아무도 모를 거야."

겨우 병사 주제에 무슨 힘이 있겠는가마는 살아남기 위해서는 최선책이었다.

사실 헬덴트는 그때 바로 퇴근한 것으로 기록이 되어 있고 자신들은 순찰을 위해 나온 것으로 되어 있기에 자기들만 입을 다물면 헬덴트가 저렇게 된 것을 아무도 모를 것 같았다.

그의 설명에 다들 수긍하는 분위기다.

"그럴까?"

"그럴지도……."

하나둘씩 처음 의견을 낸 병사의 말을 따라 동의했다.

가장 먼저 말을 꺼낸 병사가 벌떡 일어서더니,

"우린 순찰을 돈 거야. 그리고 헬덴트 기사님은 퇴근한 거고. 그렇지?"

벌떡!

덩달아 나머지 병사들도 일어서더니 각자 자신의 창을 집어 들고는 빠르게 이동하기 시작했다.

헬덴트를 내버려 두고서 말이다.

여기서 괜히 나대다가 쥐도 새도 모르게 죽을지도 모른다는 것은 이미 수년 동안 군 생활을 해오면서 키운 눈치만으로도 다들 알고 있는 짬밥들이었기에 아예 헬덴트를 버리고 간 것이다.

어설프게 헬덴트와 관련되느니 차라리 전혀 모르는 쪽으로 하는 게 남은 인생 편하게 사는 길인 것에 동의한 병사들이다.

한편 그렇게 버려진 헬덴트는 그 후 혼자 부르르 떨면서 땅바닥에 쓰러져 있다가 우연히 지나가는 상인들의 눈에 띄어 겨우 목숨만은 건질 수 있었다.

하지만 영원히 자기 손으로 수프 한 숟가락 떠먹지 못하는 병신이 된 것은 당연했다.

특히나 진운의 주먹에 맞을 때의 충격 때문인지,

"나비다, 나비. 헤헤헤헤헤헤."

창밖의 나비만 봐도 좋아서 웃는 바보가 되어버렸다.

Chapter
09
변화

—진운?

"응?"

레이나는 가는 내내 아무 말이 없는 진운의 모습에 슬그머
니 다가와서 불렀으나 평소 그대로의 모습이다.

—아까… 그거…….

"아, 그게 왜?"

—너무 심한 거 아니었나 해서 말이야.

"알아."

레이나는 진운이 알고 있다는 말보다 알고 있으면서도 그

런 행동을 했다는 것에 놀라는 중이다.

"그런 놈들은… 혼을 낸다고 해도 정신 차리지 않아."

―뭐 그거야 그렇지만…….

레이나도 자신의 미모 때문에 수많은 귀족들로부터 위험을 겪어왔기에 헬덴트의 눈빛만 보고도 자신이 목적이라는 것을 알 수 있었다.

하지만 상대는 귀족에다 기사였다.

괜히 분란을 만들기 싫었던 레이나는 말을 시키면서 시간을 끌며 기회를 봐서 도망칠 생각이었다.

그런데 진운은 그런 레이나의 예상을 가볍게 뛰어넘는 파격적인 행동을 감행했다.

그 때문에 레이나는 병사들과 마찬가지로 놀라고 있었던 것이다.

지구에서는 전혀 볼 수 없던 모습을 이곳에 와서 자주 보기에 혹시나 진운이 변하지 않았나 하는 걱정에 진운의 눈동자를 보니 그렇지도 않았다.

"어차피 긁어 부스럼 만들 거라면 확실하게 처리하는 게 좋잖아. 그리고 선수필승이란 말도 있듯이 먼저 공격하는 게 이기는 가장 확실한 방법이기도 하고."

―그야 그렇지만, 진운, 너무 극단적으로 일을 처리하는 것 같아서 그래.

"그렇게 보여?"

─당연하지. 어차피 우리가 그 헬덴트라는 기사한테 붙잡힐 일도 없는데 조금은 심했다는 생각이 들어서.

레이나의 말에 진운은 천천히 말고삐를 잡아 세웠다. 그리고 자신의 옆에 덩달아 멈춘 레이나를 보면서,

"레이나, 난 이곳에서까지 웅크릴 생각은 없어. 어차피 난 이방인이잖아. 안 그래?"

끄덕.

레이나는 진운의 말에 고개를 끄덕였지만 왠지 진운이 억지를 쓰고 있다는 느낌을 받았다.

"그럼 내가 다시 한 번 조금 전의 상황을 풀어볼까?"

─풀어보다니?

"잘 들어봐. 레이나와 내가 어찌어찌 도망을 쳤다고 해봐. 그럼 당연히 그 기사 녀석이 방방 뛰면서 얼토당토않은 죄목을 붙여서 우리를 수배했을 거야. 아니, 틀림없이 그랬겠지. 병사 스무 명까지 있었으니까 서로 입을 맞추면 사람 하나 범죄자 만드는 건 일도 아닐 거야. 안 그래?"

─그야 맞는 말이지만…….

진운의 말을 들어보니 레이나도 몇 번 귀족을 상대로 사기 쳤다는 죄목으로 현상수배가 떨어진 적이 있기에 진운의 말이 피부에 와 닿았다.

"그리고 우리가 붙잡혔을 경우 어떻게 될 것 같아? 녀석이 나를 순순히 살려 뒀을 것 같아? 아니, 무조건 나부터 죽이고 봤을걸."

―그거야 모르는 일이잖아.

눈 하나 깜짝하지 않고 말하는 진운의 모습에 레이나는 오히려 당황했다.

하지만 그런 레이나의 말에 진운은 고개를 흔들면서 대답했다.

"엘프인 레이나가 인간을 더 잘 알까, 아니면 인간인 내가 인간을 더 잘 알까?"

―그야… 진운이 더 잘 알겠지.

"맞아. 그리고 귀족놀음에 빠진 인간은… 오히려 짐승보다 못한 인간이기도 해."

진운은 헬덴트를 병신으로 만든 게 너무나 당연하다는 듯 말하고 있었다.

그런데 레이나도 진운의 말을 들어보니 굳이 틀린 말은 아니었다.

특히나 도망쳤어도 기사가 수배령을 내렸을 가능성은 이미 한번 겪어보았으니 추측이 아니라 확실하기도 했고 말이다.

거기다 진운과 레이나는 수도 페란에 들어가서 솔로몬의

72기둥의 마신 중의 하나를 만나야 하는 상황에 괜히 주변을
시끄럽게 하는 것도 아니라는 생각이 들었다.

―그러네.

"그렇지?"

―응.

조금 전까지 레이나의 걱정스러운 표정은 완전히 사라져
버렸고, 그런 레이나의 모습에 진운은 입가에 씨익 미소를 지
어 보였다.

사실 레이나가 지금 걱정한 것은 헬덴트를 그렇게 과격한
방법으로 처리한 것도 아니고, 진운이 무력을 드러내서도 아
니었다.

지구에서는 보지 못한 모습을 보여주면서 진운이 힘으로
만 상황을 처리하는 모습이 왠지 걱정스러웠기 때문이다.

그렇지만 우려와는 다르게 진운과 이야기를 해보니 헬덴
트를 처리하면서도 이미 여러 가지 경우의 수를 생각해 보고
움직였다는 것을 확실히 알 수 있었다.

그런 생각이 들자 조금 전까지와 달리 레이나는 더 이상
진운에 대해 걱정을 할 필요가 없을 것 같다는 생각이 들었
다.

어떻게 보면 극단적으로 보일 수도 있지만 반대로 생각하
면 가장 빠르면서도 확실한 상황 처리 방법이기도 했으니 말

이다.

다만 레이나에게는 너무나 생소한 처리 방법이라 아직도 적응하지 못하고 있긴 했다.

아무튼 작은 오해를 그렇게 풀어버린 진운과 레이나는 무사히 수도 페란에 들어섰다.

그리고 수도 페란에 들어선 진운이 가장 처음 한 말은,

"의외로 깨끗하네?"

지금까지는 판타지 소설에서처럼 지저분하고 더러운 거리들뿐이었다.

그래서 수도라고 하더라도 진운은 깨끗하리라는 기대는 애초에 버리고 있었다.

그러나 그의 예상과 달리 수도 페란은 입구부터 넓적한 돌이 바닥에 깔려 있고, 커다란 길을 따라 양쪽으로 2층짜리 집이 끝없이 줄지어 늘어서 있는, 계획적으로 건설된 깔끔한 도시의 모습을 하고 있었다.

거의 대부분 2층짜리 건물의 1층은 상가로 쓰는지 여러 가지를 앞에 내놓고 판매하는 사람들이 대부분이었다.

거기다 수로도 만들어져서 하수를 깔끔하게 수도 밖으로 빼내는 상수도 시설이 원시적이긴 하지만 잘 만들어져 있기까지 했다.

―응? 그게 무슨 말이야?

"아니, 난 하늘에서 똥이 떨어지고 오물이 지천에 널려 있는 그런 걸 생각했거든."

―아하, 진운이 생각하는 건 500년 전 이야기야. 마법이 발전하지 않고 드래곤의 지배를 받던 과거에는 그렇게 살았다고 엘프의 기록에서 나도 봤어. 하지만 드래곤의 지배가 끝난 후부터는 인간들의 생활이 크게 바뀌었더라고. 거기다 마법사가 있고 나름 머리 잘 굴리는 인간들이 얼마나 많은데 아직도 드래곤의 지배를 받던 시절대로 살겠어.

"하긴……."

그러고 보니 지금까지 지나온 마을은 작기도 하지만 첫 마을이 워낙 오지인 데다 메뚜기와 들쥐의 충격적인 랑데부 탓에 이미지가 영 안 좋았다.

수도도 소설 속에서 본 이미지일 것이라 멋대로 생각하고 있었는데, 기대에 못 미치는(?) 깔끔한 모습에 진운은 차라리 웃어버렸다.

여기도 사람이 사는 곳이고 나름 천재라고 떠드는 마법사가 사는 곳이다.

지구처럼 과학이 폭발적으로 발전하진 않았겠지만 나름 느리더라도 발전을 하는 게 당연했다.

특히나 위생 문제는 전염병 때문에라도 절대로 소홀이 다룰 수 없는 문제였기에 지금 수도의 모습은 진운에게 오히려 반가웠다.

"아, 그러면… 수도의 여관은 깨끗하겠네?"

─응. 아마 가장 깨끗할걸? 물론 제국의 수도에 있는 호텔에 비교하면 하늘과 땅 차이지만 말이야.

"호텔도 있어?"

─당연히 있지. 귀족들이 대부분 묵는 곳이지만 웬만한 귀족의 저택보다 시설이 좋아. 나도 우연히 한번 지낸 적이 있지만 확실히 깔끔하고 좋던데.

"그래, 우선 여관부터 잡자."

역시나 진운이 아무리 마스터라고 해도 그동안의 강행군을 생각하면 지금까지 버틴 게 오히려 대단했다.

바벨의 탑에서 극한의 경험까지 했던 것이 도움이 되었는지 진운은 수도에 도착하고 나서야 비로소 피곤을 느끼는지 여관부터 찾자고 했다.

─가자.

수도 파렌에서 여관을 찾는 건 손바닥을 뒤집는 것보다 쉬웠다.

조금만 걸어도 여관이고, 술집과 여관을 같이 하는 곳이 즐비했으니 말이다.

진운과 레이나는 그런 곳을 지나치면서 계속 걸어 안으로 들어가다가 겨우 한곳에 멈추었다.

수도 파렌에서도 제법 안으로 들어온 곳이었다.

"여기가 그나마 가장 가깝네."

진운은 지금 자신들 눈앞에 있는 여관은 보지도 않고 고개를 돌려 건물 너머로 보이는 저택 하나를 쳐다보고 있었다.

레이나도 그런 진운과 같이 시선을 저택을 향하면서,

―몇 번 둘러봤지만 여기만큼 레오날드 자작의 저택에서 가까운 여관은 없어.

사실 진운과 레이나가 굳이 수도 파렌 깊숙이 들어와 여관을 잡은 것은 모두 그들의 목표인 레오날드 자작의 저택에서 가장 가까운 곳에 있기 위해서였다.

게티아가 알려준 정보가 확실하다면 상대는 솔로몬 왕의 72기둥 마신 중의 하나이기에 결코 경거망동해서는 안 된다.

상대가 상대인 만큼 가능하면 가까운 곳에서 살펴보기 위해서이기도 했다.

딸랑~

진운이 문을 열고 들어가자 딸랑거리는 종소리가 들렸고, 일제히 여관 안에 있던 사람들의 시선이 집중되었다.

물론 레이나에게 집중된 것이다.

"어서 오십시오~!"

여관 주인도 진운에게 다가오다가 레이나를 보고는,

"헙!"

무척 놀란 듯했지만 곧 접대용 미소를 지으면서,

"묵으실 겁니까, 아니면 식사 준비 할까요?"

여관 주인의 능숙한 주문에 진운은,

"방 두 개와 식사를 준비해 주세요."

"네, 알겠습니다. 선불입니다. 그리고 방 두 개 비용은 하루에 10실버입니다."

진운이 하루에 10실버라는 말에 레이나를 쳐다보자,

─그럼 우선 3일 정도 머물게요.

라고 하면서 품에서 30실버를 꺼내 여관 주인에게 주었다.

"감사합니다. 아참, 그리고 식사비는 따로 계산합니다."

능숙하게 여관비와 식비를 따로 받아 챙기는 여관 주인의 모습에 진운은 그냥 웃고 말았다.

역시나 사람이 많이 사는 곳은 지구든 이곳이든 조금만 방심하면 안 되는 건 마찬가지인 듯했다.

"식비는 드시는 종류에 따라 가격이 다르기 때문에 그때그때 계산해 주시면 됩니다."

"그러죠."

진운은 왠지 자신이 당했다는 생각이 들었지만 지금은 올라가서 쉬고 싶은 마음뿐이었다.

진운과 레이나가 그렇게 방으로 올라갔다가 다시 1층으로 내려온 것은 거의 해가 떨어져 주변에 땅거미가 질 무렵이었다.

내려오자마자 식사를 주문하고 레이나와 진운은 서로 마주 앉아 앞으로 어떻게 해야 할지 잠시 생각하면서 이야기를 나눠보려고 했다.

하지만 이야기는커녕 식사도 나오기 전에 진운과 레이나 곁으로 누군가가 다가왔다.

"어이~!"

"……?"

진운이 바로 뒤에서 들리는 목소리에 고개를 돌려보니 얼굴이 커다란 칼자국이 있고 큰 덩치에 등에는 대검을 짊어지고 있는 녀석이 보였다.

"거기, 같이 좀 껴도 될까?"

그러면서 진운의 허락도 떨어지기 전에 레이나 바로 옆의 의자를 자기 손으로 빼더니 대뜸 앉아버린 것이다.

"앉으라고 한 적이 없습니다만."

진운이 나직하게 칼자국 녀석에게 한마디 했다. 녀석은 오히려 너스레를 떨면서 허리를 뒤로 쭈욱 젖히더니 거만한 모습으로 진운을 보면서,

“뭐 내가 보호해 줄 수도 있으니까 너무 그러지 말라구. 안 그래?”

라고 말하더니 자신의 등에 있던 대검을 풀어 탁자에 기대어 놓기까지 했다.

솔직히 진운의 입장에서는 칼자국 녀석이 무례하긴 하지만 그렇다고 이 정도로 흥분할 만큼 진운이 생각이 얕지도 않기에 진득히 한숨만 내쉬었다.

“우리가 일어나죠.”

진운이 벌떡 일어서자 레이나도 같이 일어섰다.

“어허! 왜 이러실까?”

칼자국 녀석은 레이나가 일어서자 그 커다란 손으로 레이나의 팔을 덥석 잡더니 일어나던 레이나를 억지로 앉히려는 듯 힘을 주었다

그런데 칼자국 녀석에게 손이 잡힌 레이나는 그대로 일어서더니 너무나 쉽게 칼자국 녀석의 손아귀에서 팔을 풀어버리고는 진운과 함께 다른 자리로 옮겨 버렸다.

“푸하하하하하!!”

그때 갑자기 여관 1층 뒤쪽에 있던 사람들이 큰소리로 웃기 시작했고, 칼자국 녀석은 대뜸 일어서더니,

“웃지 마!! 자식들아!!”

“푸하하하하! 대장, 너무 웃긴 걸 어쩝니까? 푸하하하하!!”

진운은 방금 뒤에서 들린 소리에 시선을 돌리자 칼자국 녀석과 말싸움하는 다른 여섯 명의 사람이 보였다.

모두가 산전수전 다 겪은 듯 얼굴과 몸에 자잘한 상처가 있고 그만큼 노련해 보이기도 했다.

특히나 모두 손가락과 손바닥에 굳은살이 크게 박혀 있는 것을 보니 딱 봐도 용병이었다.

"쳇~!"

뒤에 녀석들이 웃는 소리에 잠시 신경질을 내던 칼자국 녀석은 자리에서 일어나더니 자리를 옮겨 앉은 진운과 레이나의 곁으로 오더니,

"미안하게 됐수다. 저 녀석들이랑 내기를 해서 말이야. 쩝."

의외로 순순히 사과하고는 다시 동료가 있는 곳으로 걸어갔다.

물론 접근 방식부터 문제가 조금 있긴 했지만 진운은 방금 칼자국 녀석의 행동 하나로 괜찮은 용병이라는 생각이 들었다.

칼밥 먹고사는 녀석들은 자존심 하나로 살아가기에 남들에게 아쉬운 소리 하는 경우는 드문 편이다.

―나쁜 사람은 아닌 것 같네.

레이나도 조금 전 칼자국 녀석이 사과하러 왔을 때 눈동자

를 마주쳤고, 그때 알았는지 자신의 손을 잡은 무례는 이미 잊어버린 듯했다.

"식사 나왔습니다."

때맞춰 진운과 레이나가 시킨 수프와 과일, 그리고 적당히 잘 구워진 스테이크가 탁자에 놓였다.

여관 주인이 가면서 슬쩍 하는 말이,

"기분 나빠하지 마세요. 저들은 이곳에서도 제법 신용이 있기로 유명한 칼슨 용병단인데 저렇게 장난을 좋아해서 그러는 거니 말입니다."

방금 자신에게 장난을 걸었던 칼자국 녀석들을 가리키면서 은근히 변명까지 해주는 모습에 진운은 웃으면서 고개를 끄덕였다.

"하하하, 손님도 성격이 좋으시군요. 그럼 이건 서비스입니다."

그러면서 맥주 두 잔을 레이나와 진운 앞에 내어주고는 돌아갔다.

―여관 주인이랑 저 칼슨 용병단이랑 무슨 관련이 있나 본데?

지금 여관 주인의 행동은 누가 봐도 칼슨 용병단을 변호해 주는 듯했다.

장사꾼이 맥주를 그냥 줄 리는 없었으니 레이나의 예상이 거의 맞을 것이다.

뭐, 결과적으로 진운과 레이나에게는 손해 본 게 없으니 조용히 넘기기로 했다.

그런데 레이나와 진운의 식사가 거의 끝날 때쯤 칼자국 녀석이 다시 다가왔다.

"식사도 마친 것 같은데 잠시 합석해도 되겠수?"

처음과 달리 진운을 바라보면서 가만히 서 있는 모습에 진운은 고개를 끄덕였다.

그는 진운과 레이나 중간의 의자를 빼내 앉으면서,

"난 칼슨 용병단을 이끄는 A급 용병인 칼슨인데, 그쪽은?"

"진운입니다."

"지눈?"

역시나 진운이라는 발음을 잘 하지 못하는 듯했지만 의외로 몇 번 중얼거리더니,

"진운, 이렇게 말하는 게 맞수?"

의외로 빠르게 진운이라는 발음을 하는 칼슨의 모습에 진운은 웃으면서 고개를 끄덕였다.

"캬, 이름 한번 어렵네. 쩝쩝. 그럼 그쪽 레이디는 이름이 뭐유?"

─레이나예요.

"흠흠, 예쁘구만, 이름도."

레이나의 이름을 듣더니 헛기침을 몇 번 하고는 고개를 돌려서 진운을 보더니,

"아까는 미안하게 됐수. 녀석들이 레이나 양을 보고 내기를 하자고 하는 바람에. 험험, 초면에 실례가 많았수다."

진운은 어색한 듯하면서도 자신의 실수를 다시 사과하는 모습에 첫인상보다 괜찮은 사람이라 여겨졌다.

"괜찮습니다. 어차피 저기 여관 주인이 설명해 줘서 이해했으니까요."

"응? 아, 저 녀석, 아무튼 오지랖은……."

칼슨이 얼굴의 칼자국을 씰룩거리면서 때마침 주방에서 나온 주인을 노려보자,

"뭐? 째려보면 어쩔 건데?"

"쳇."

여관 주인의 강한 한마디에 그냥 고개를 돌려 버리는 칼슨이었다.

그리고는 진운을 향해,

"사실 아직 내기가 끝나지 않아서 이렇게 다시 왔는데… 기분 나쁘면 이대로 내가 돌아가겠수다."

"무슨 내기인데 다시 오신 거죠?"

"흠흠, 그게… 저 녀석들이 진운과 레이나 양이 연인 사이인지 아니면 레이디와 호위하는 기사의 신분인지를 두고 내

기를 했는데, 난 당연히 레이디와 호위하는 기사라는 것에 걸었고 나머지 녀석들은 연인이라는 것에 걸었는데, 실례가 되지 않는다면 둘… 어떤 사이유?"

뜬금없는 말에 진운과 레이나는 서로를 쳐다보다가,

"쿠쿠쿡."

―후후후훗.

둘 다 동시에 웃어버렸다.

"응? 왜 웃는 거유?"

대답할 생각은 하지 않고 서로 쳐다보더니 동시에 웃는 모습에 칼슨은 순간 어쩌면 연인일지도 모른다는 생각이 들었다.

하지만 그런 칼슨의 생각이 끝나기도 전에 진운의 입이 열리면서,

"동료입니다."

"동료?"

전혀 다른 말에 눈을 끔뻑거리던 칼슨이 무슨 말인지 모르겠다는 듯한 표정이자,

"전 A급 용병입니다. 저기 레이나도 같은 A급 용병이구요."

진운의 말에 놀란 듯,

벌떡!!

쿠당탕!!

일어선 칼슨은 자신이 앉아 있던 의자가 뒤로 넘어간 것도 모르는 듯 놀란 눈으로 진운과 레이나를 바라보았다.

"A급… 용병이라구?"

칼슨이 보기에 진운은 이제 막 성인이 된 듯한, 아직 젖비린내가 날 것 같은 외모였다.

레이나는 칼은커녕 손에 물 한 방울 묻히지 않고 살아온 듯한 가녀렸다.

그렇기에 둘 다 A급 용병일 것이라고는 생각조차 하지 않고 있었다.

그런데 그냥 용병도 아니고 상위에 속하고 용병단을 구성할 수 있는 자격이 주어지는 A급 용병이라는 말에 놀랄 수밖에 없었다.

"야, 용병이란다! 그것도 A급 용병!"

칼슨은 곧바로 뒤돌아보면서 소리치자,

"뭐요?!"

"말도 안 돼!!"

칼슨과 마찬가지로 용병단 전체가 마시던 맥주잔도 떨어뜨리고는 자리에서 벌떡 일어나 버렸다.

그리고 곧장 칼슨이 있는 곳으로 몰려오더니,

"정말?"

"정말 A급 용병?"

놀라서 몰려드는 칼슨 용병단과 지금도 믿어지지 않는다는 듯한 눈으로 바라보는 칼슨의 모습에 진운은 'A급 용병이란 게 그렇게 대단한 거였나?' 하는 생각을 했다.

용병 길드에서 A급 용병패를 받았다고 하자 레이나가 인상 쓰던 것을 보았기에 진운은 무난한 등급의 용병패를 받았나 보다 하고 생각했는데 지금 이들의 반응은 의외였다.

"용병패 좀 볼 수 있수?"

사실 용병들이 등급을 속이는 경우도 간혹 있기에 자신의 등급을 말하는 경우 필수적으로 용병패를 상대에게 보이는 게 불문율이었다.

하지만 진운이 A급 용병이라고 말하고는 용병패를 꺼내 보이지 않자 칼슨은 요구할 수밖에 없었다.

물론 자신이 먼저 실례를 했기에 그렇게 말한 거지, 그게 아니면 당장 용병패 보자고 난리쳤을지도 몰랐다.

탁!

진운은 칼슨의 말에 자신의 용병패를 꺼내 탁자에 올려놓았다.

레이나도 용병패를 몰래 아공간에서 꺼내 탁자에 올려놓자 용병패를 유심히 살펴보던 칼슨은,

"진짜네."

아무리 봐도 용병 길드에서 발행한 A급 용병패가 확실했다.

사실 사기 치는 녀석들은 용병패와 비슷한 재료를 구해서 거의 복사하다시피 만드는 것이 대부분인데 사기꾼들이 모르는 사실이 있었다.

B급이나 C급 용병은 몰라도 A급 용병패에는 조금 다른 특징이 있었다.

그건 바로 마나를 조금 흘려 넣으면 A급 용병패의 A 자가 마나에 반응하는 것이다.

용병패가 하급 용병과 확연히 다른 만큼 A급 용병은 길드에서도 나름 신경 쓰는 등급인 것이다.

물론 진운은 전혀 모르고 있지만 말이다.

칼슨도 A급 용병이기에 마나를 조금은 다룰 줄 알았다.

그렇기에 진운과 레이나가 꺼내 놓은 용병패를 보자마자 손을 대 마나를 흘려보냈다. 반응이 있자 진짜라고 인정할 수밖에 없었던 것이다.

거기다 용병패에 진운과 레이나의 이름이 선명하게 각인되어 있으니 누군가에게서 훔치거나 주운 것도 아니었다.

하지만 이것만으로도 칼슨은 믿을 수가 없는지,

"그럼 자기 용병패를 손에 쥐고 마나를 주입해 보슈."

"마나?"

진운은 칼슨의 말에 그게 무슨 뜻인지 몰랐지만 레이나는 칼슨이 지금 말하는 게 뭔지 알고 있는 듯 진운을 보면서,

―확인 절차야. A급 용병부터는 마나를 다룰 수 있기에 용병패가 마나에 반응하거든.

기사와 달리 용병은 오로지 실력 하나로 등급이 정해지기에 등급이 바로 용병에게는 자존심이자 밥줄이었다.

등급을 속이는 경우가 그리 많진 않지만 아예 없진 않았고, 특히나 B급 용병들이 A급 용병이라고 속이고 다니는 경우가 있기에 확인 절차는 어쩌면 용병들 사이에서는 불문율일 수밖에 없었다.

용병이 임무 수행 시에 무조건 자신보다 높은 등급의 용병이 있으면 그 용병의 명령을 듣는 것 또한 불문율 중 하나였다.

다만 확인 절차가 어중간한 B급과 C급과 달리 A급은 용병패에 마나를 흘려 넣어서 확인하는 방법이 있기에 사기꾼이라도 걸리면 빼도 박도 못하는 경우가 대부분이었다.

"그래?"

진운이 자신의 용병패에 마나를 흘려 넣자 레이나의 말대로 용병패에 각인되어 있는 A라는 글자가 마나에 반응했다.

특별하게 빛을 뿜어내거나 화려하진 않지만 번뜩이듯 마

나가 흐르는 것을 볼 수 있었던 것이다.

물론 레이나도 똑같이 확인시켜 주자,

"후우! 진짜… A급 용병이네."

칼슨도 더 이상 믿지 않을 수가 없었다.

이제 서른다섯 살이 된 칼슨은 열세 살 때 처음 용병의 뒤를 따라다니면서, 실질적으로는 그때부터 이미 용병 생활을 시작한 베테랑이기도 했다.

어린 시절 나름 실력이 좋은 A급 용병의 눈에 들어 집을 나와 따라다니면서 뒷바라지를 했다. 그러면서 용병이 필수적으로 갖춰야 할 생존 기술을 모두 배웠기에 그나마 지금 서른다섯 살이라는 나이에 A급 용병패를 가질 수 있었던 것이다.

사실 A급 용병 중 칼슨은 나름 젊은 편에 속했다.

대부분은 기사의 시종으로 있다가 실력에서 밀려 결국 떨어진 평민들이 용병이 되면서 A급 용병패를 받는 경우가 대부분이었지만, 그들도 40대의 나이에 들어서야 A급 용병패를 손에 쥘 수 있는 것을 생각하면 칼슨의 실력이 결코 나쁘진 않은 것이다.

치열한 삶을 살아온 칼슨은 운도 어느 정도 있었지만 실력도 결코 무시할 수 없을 만큼 좋았다.

그렇기에 지금 용병단을 꾸려서 칼밥을 먹고살고 있었다.

다만 서로 좋아서 만든 용병단이다 보니 장난치기를 좋아하고 내기를 좋아하는 성격에 진운과 레이나를 만나게 되는 인연이 생겨 버리긴 했지만 말이다.

"진운은 그럼 검사?"

칼슨은 진운의 로브 사이에 롱소드의 손잡이가 보이기에 물었다.

"네."

진운도 굳이 다른 설명을 하기 귀찮아 가볍게 고개를 끄덕이며 대답했다. 그런데 레이나를 본 칼슨은,

"레이나 양은 도무지 모르겠는데……. 그 가녀린 팔로 그래플러는 아닐 테고……."

용병들 사이에서 빈손으로 다니는 용병은 거의 열에 아홉은 그래플러이기에 무기가 없이 빈손의 용병을 볼 경우 대부분 그래플러라고 생각하는 편이다.

─전 마법사예요.

"흐엑!!"

칼슨과 용병들은 조금 전 A급 용병이라고 밝혔을 때보다 몇 배나 더 놀랐다. 진운이 보기에 오버 액션을 취한다고 할 만큼 뒷걸음질 치면서 벌어진 입이 다물 줄을 몰랐다.

─왜요?

"아니… 마법사면서 왜… 지팡이는……?"

─필요 없어서 버렸어요.

엘프인 레이나는 거짓말을 하지 않는다. 당연히 지금 하는 말은 사실이다.

바벨의 탑에서 레이나는 수인 마법과 마법진을 합쳐 캐스팅 자체가 필요 없는 특별한 마법을 만들었다.

아직 이름을 정하진 못했으나, 일반적으로 지팡이를 촉매로 사용해서 캐스팅에 오류를 최소한으로 하는 방법을 사용하는 일반 마법적 수단이 레이나에게는 필요가 없었다.

하지만 칼슨은 레이나가 허풍을 떤다고 생각했다.

나름 레이나의 미모를 보면 분명히 귀찮은 녀석들이 있을 것이라고 생각했던 것이다.

물론 칼슨 본인도 레이나의 미모가 마음에 들어서 용병단 녀석들의 내기를 받아들이긴 했지만 사실 마법사가 지팡이 없이 마법을 사용한다는 말은 그 긴 용병 생활 중에도 들어본 적이 없는 칼슨이다.

"아, 그렇군요."

칼슨은 레이나가 일부러 강해 보이려고 그런다는 생각에 그냥 넘어가기로 했다.

A급 용병패도 진짜였고 마나를 사용할 줄도 알기에 어느 정도 인정은 하지만 사실 마법사라고 하기에는 레이나의 나이가 너무 어려 보였다.

무엇보다 마법사 하면 떠오르는 우중충하고 어둡고 폐쇄적인 이미지와 동떨어진 미인에 스타일 좋은 레이나였기에 믿을 수가 없었던 것이다.

"하하하, 이것도 인연인데 내가 맥주 살 테니 한잔들 하슈."

칼슨은 얼른 레이나에게서 시선을 돌려 진운을 보면서 화제를 돌렸다.

하지만 레이나도 칼슨이 일부러 지금 자신의 말을 슬쩍 흘리면서 화제를 바꿔 버렸다는 것을 알고 있었지만 내버려 두었다.

믿든 안 믿든 그건 칼슨이 판단할 문제이지 레이나가 판단할 문제는 아니었으니 말이다.

곧바로 칼슨은 여관 주인에게 큰 소리로 맥주를 달라고 했고, 어쩌다 보니 진운과 레이나가 있던 테이블은 순식간에 만석이 되어버렸다.

그리고는 칼슨부터 다시 자기소개가 시작되었고, 그때서야 용병단 사람들의 이름을 알게 된 진운이었다.

칼슨 용병단이라는 이름에서 알 수 있듯이 A급 용병인 칼슨을 대장으로 나머지는 전원 B급으로, 마린, 피오, 베일, 판, 도일, 샘 이렇게 의외로 간단한 이름을 가진 사람들이었다.

그렇게 칼슨 용병단의 소개가 끝나자 진운이 조용히 입을 열었다.

"전 진운입니다. 현재 레이나의 고향으로 가는 길입니다."

"고향으로? 그럼 은퇴한 건가?"

밝은 갈색 머리의 마린이 진운의 말에 물어보자,

"은퇴라기보다는 그녀가 고향을 떠난 지 오래되어서 돌아가는 겁니다. 가보고 그곳에서 그냥 정착할지 아니면 또 나올지는 아직 미정이구요."

진운은 레이나가 자신의 고향인 엘프 마을로 돌아가 그곳에서 그대로 있는다고 하면 미련없이 그녀를 두고 움직일 생각이었다.

어차피 게티아가 선택한 주인은 진운이었고, 솔로몬의 72기둥을 이루는 마신을 봉인해야 하는 것도 진운에게 부여된 임무였다.

거기다 레이나는 다시 고향으로 돌아가는 조건으로 진운이 지구에 있는 동안 많이 도와주기까지 했기에 굳이 그녀를 끌어들이고 싶은 생각이 없기도 했다.

하지만 레이나는 진운의 말을 듣고는 아무도 모르게 잠시 진운을 바라보다가 말없이 눈을 돌렸다.

"고향이 어딘데?"

이미 외모로 봐도 칼슨 용병단 사람들은 진운보다 확실히 늙어 보였기에 자연스레 반말을 했다.

물론 진운도 그냥 넘었다. 용병에게 격식을 따지는 건 역시나 무리라는 것을 알기에 굳이 말하지 않았지만 자연스럽게 그렇게 된 것이다.

마음에 들면 반말을 해도 괜찮고, 아니면 용납하지 않는 진운의 성격이 어떻게 보면 청개구리 같기도 하지만 나름 개인의 주관이 뚜렷한 것도 되었다.

─샤프란 왕국이에요.

레이나가 살고 있는 요정의 숲이 인접해 있는 왕국은 샤프란 왕국이기에 레이나가 대답하자,

"휘유～ 완전 끝이구먼."

남쪽 끝에 위치해 있는 포란트 왕국에서 북쪽 끝에 있는 샤프란 왕국까지 간다면 거의 대륙을 가로지른다는 말이나 마찬가지였다.

말이 쉬워서 대륙을 가로지르는 거지 진운과 레이나가 고향인 샤프란 왕국으로 가기 위해서는 대륙에서 가장 강한 아르돈 제국과 카르돈 제국은 물론 위던 왕국까지 거쳐야 하는데 그렇게 머나먼 여정을 떠나는 사람치고는 진운과 레이나의 행색이 너무나 간편해 보였다.

"짐도 없고?"

"밖에 말이 있습니다."

어차피 가는 동안 곳곳에 마을이 있기에 먹을 것과 잘 곳 걱정은 크게 하지 않아도 되지만, 포란트 왕국을 근거지로 두고 멀리 가봐야 인근 아르돈 제국이나 다른 왕국으로 움직이는 것이 전부인 칼슨이 보기에는 엄청 먼 여정이기만 했다.

"머나먼 여정을 떠나는 동료를 위해!!"

갑자기 칼슨이 맥주를 높이 치켜들면서 소리치자 용병단원들도 덩달아 합창을 했고, 진운과 레이나도 얼떨결에 그들의 분위기에 취해서 왁자지껄 떠들면서 맥주를 마시게 되었다.

물론 마지막까지 남은 것은 진운과 레이나뿐이었지만 말이다.

"의외로 술이 약하군."

진운이 맥주 열 잔 마시고 얼굴이 시뻘겋게 변해 탁자에 얼굴을 처박고 기절해 버린 칼슨을 보면서 한마디 하자 레이나도 어깨를 으쓱거리면서,

—칼슨 용병단은 모두 술 못 먹는 사람들만 모인 건가 봐.

칼슨뿐만이 아니라 다른 여섯 명도 모두 탁자나 맥주 컵에 코를 처박고 그대로 기절해 버렸다.

"이런, 녀석들, 술도 못 마시면서 분위기는 좋아해서 문제야, 문제."

　결국 여관 주인이 자다가 일어나 칼슨과 다른 용병단을 짊어지고 옮겨놓고 나서야 진운과 레이나는 완전히 둘만 남을 수 있었다.

　진운과 레이나는 잠도 오지 않고, 무엇보다 해야 할 일이 있기에 여관을 나섰다.

Chapter 10
첫 번째 봉인

"반응이 없는데……."

진운은 저택이 바로 마주 보이는 커다란 나무 위 꼭대기에 가느다란 가지를 밟고 서서 레오날드 자작의 저택을 쳐다보고 있었다. 물론 그 옆에는 레이나도 같이 있지만 진운과 달리 레이나는 허공에 떠 있는 상태였다.

—반응이 없어?

"응. 가까이 오면 게티아가 뭔가 반응이 있을 것으로 예상했는데 예상이 빗나간 건가?"

진운은 솔로몬의 72기둥 중 하나인 레오날드 자작이 정말 마신이라면 게티아가 뭔가 반응이 있을 것으로 예상했다.

그런데 의외로 진운의 손에 끼워져 있는 반지 모양의 게티아는 묵묵부답이었다.

"어쩌지?"

진운은 뭔가 실마리가 보이는 것을 눈앞에 두고 마냥 기다리기도 그랬지만, 오랜만에 고향으로 돌아온 레이나를 계속 붙잡고 있기도 미안한 생각에 고민하기 시작했다.

원래는 레오날드 자작이 사는 곳에 가까이 가면 게티아가 뭔가 반응을 보일 줄 알았는데 예상이 빗나가자 다른 방법을 생각할 수밖에 없게 되었다.

그래 봐야 조금 더 기다려 보거나 아니면 지금 당장 레오날드 자작의 저택에 들어가서 레오날드 자작이 정말 마신인지 아니면 마신과 관련이 있는지 확인하는 것이지만 말이다.

하지만 진운은 레오날드 자작이 마신이거나 마신과 관련이 있다고 생각하는 중이었다.

레메게톤에 쓰인 72기둥의 마신들의 이름 중에 레오날드라는 이름을 가진 마신이 있었고, 하필 이곳의 자작 이름도 레오날드였으니 누가 봐도 연관이 있을 것이라 생각할 수밖에 없었다.

"음……."

진운은 원래 계획한 대로 상황이 흐르지 않자 잠시 고민하는 듯하더니 결국 직접 레오날드 자작의 저택으로 들어가 자작을 만나보기로 했다.

어쩌면 게티아가 알려준 마신을 처리하면 지구로 다시 돌아갈 수 있을지도 모른다는 희망도 있었고, 레이나를 계속 기다리게 하는 것도 꺼림칙하기에 고민하기보다는 행동하기로 한 것이다.

"레이나, 아무래도 직접 레오날드 자작을 만나봐야겠어."

―지금?

"응."

레이나는 진운이 뭔가 생각하는 것 같았지만, 설마 지금 당장 레오날드 자작의 저택으로 쳐들어가겠다는 말을 할 줄은 몰랐는지 놀라워했다.

하지만 이미 생각을 굳혔는지 진운은 천천히 호흡법을 사용해 온몸에 마나를 활성화시키기 시작하더니,

스르렁~

허리의 롱소드도 뽑아 들고는 자세를 살짝 낮췄다.

―나도 도울게. 레이나도 진운을 따라 움직이려고 하자 진운은 손을 들어 레이나의 행동을 막았다.

―왜 그래?

레이나는 진운이 자신을 막을 줄은 몰랐기에 당황했다.

"여기서부터는 나 혼자 갈게."

—그게 무슨 말이야?

갑작스런 진운의 말에 레이나가 조금 흥분한 듯 말하자,

"레이나, 원하던 고향이야. 그리고 부지런히 움직이면 원래 살던 엘프 마을도 갈 수 있어. 하지만 여기서 나와 함께 마신을 상대하게 되면 어떻게 상황이 변할지 나도 알 수가 없어. 어쩌면 이곳으로 올 때와 같이 다시 지구로 갑자기 돌아갈지도 몰라."

—…….

레이나는 진운의 말에 대꾸를 할 수가 없었다.

"힘들게 온 고향이잖아. 안 그래?"

진운의 표정에서 레이나는 이곳이 레이나의 고향이라는 말을 들었을 때부터 진운이 헤어질 생각을 하고 있었다는 것을 느낄 수가 있었다.

—진운, 하지만 너 혼자 마신을 어떻게 상대하려고…….

레이나도 진운과 헤어질 것이라고는 생각하고 있었다. 하지만 이런 식으로 갑작스럽게 헤어지는 것은 레이나도 전혀 예상하지 못했던 것이다.

"무슨 걱정이야? 나에게는 게티아도 있고 솔로몬 왕이 남긴 레메게톤도 있어. 그리고 잊었어?"

진운은 허공에 손을 뻗어 자신만의 아공간을 열더니 칼라드볼그를 꺼내 들었다.

“마신 때려잡으라고 준 검도 있잖아. 그러니까 걱정하지 마.”

―진운.

레이나는 진운의 말에 고맙기도 하면서 한편으로는 서운하기도 했다.

분명히 서로 필요에 의해 동료가 되었고 서로 등을 맡길 수 있는 끈끈한 전우애가 있는 사이이긴 했지만 왠지 이건 아니라는 생각이 자꾸 레이나의 가슴을 두드리고 있는 중이다.

“레이나, 그동안 고마웠어. 이제부터는 내 일이야. 레이나가 끼어들어 봐야 분명히 레이나에게는 피해만 갈 거야.”

냉정하게 마음을 먹었는지 진운은 끝까지 레이나를 내치는 말만 했다.

―…….

아무 말 없이 진운을 바라보는 레이나의 눈동자를 바라보던 진운은 말없이 씨익 웃으면서 냉정하게 레이나에게서 등을 돌리더니 그대로 훌쩍 날아서 레오날드 자작의 저택을 향해 가버렸다.

―진운…….

갑작스런 이별 통보를 받은 레이나는 잠시 생각하는 듯하더니 진운이 뛰어 들어간 레오날드 자작의 저택에서 등을 돌렸다.

그 길로 진운이 뛰어간 방향과 반대 방향을 향해 몸을 날렸다.

"여기가 정말 자작 저택이 맞나?"

진운은 억지로 레이나를 떼어놓고 저택의 지붕 꼭대기에 올라섰다가 레이나의 기척이 멀어지는 것을 확인하고서야 저택의 안으로 들어섰다.

혹시라도 레이나가 자신을 따라올지도 모른다는 생각에 일부러 저택의 지붕에서 레이나가 멀어질 때까지 기다린 것이다.

진운은 당연히 경비라던가 다른 방범 시스템이 있을 것으로 예상하고 레오날드 자작의 저택으로 들어왔는데 의외로 조용했다.

그렇다고 사람이 살지 않는 것도 아니었다.

깔끔하게 청소가 되어 있고 창문에 먼지 하나 없는 것을 보면 말이다.

타탁!

진운은 마치 어쌔신과 같이 가뿐히 금속으로 된 창틀을 비틀어 떼어버리고는 저택 내부로 들어와 내려섰는데 고요하기만 했다.

"사람이 살긴 하나?"

진운은 너무나 조용한 저택의 모습에 기감을 최대한 확장해서 저택에 사람이 사는지 살펴보니 의외로 많은 사람이 살고 있는 듯 기감에 걸리는 기척이 제법 많았다.

다만 움직이지 않고 가만히 있는 것을 보니 모두 잠이 든 모양이다.

"의외로 쉽게 해결되겠는데?"

사실 상대가 마신과 관련된 녀석일지도 모른다는 생각에 나름 긴장하고 들어왔는데 시작이 잘 풀린다는 느낌을 받자 약간은 여유가 생기게 된 진운은 우선 레오날드 자작을 찾는 것에 집중했다.

"여긴가? 아니네."

타탁.

"그럼 여긴가? 아니네."

타타탁.

가장 높은 곳에서부터 방마다 모두 확인하면서 움직였다.

사실 진운이 마법이라도 사용할 줄 알면 어떻게든 해결하겠지만 진운은 마법을 쓸 줄 몰랐다.

그러다 보니 당연한 순서로 일일이 발로 뛰면서 방마다 확인하는 번거로움을 거칠 수밖에 없었다.

하지만 그것도 이미 마나를 최대한 활성화시켜서 극한까지 감각과 몸의 능력을 끌어올린 진운에게는 크게 번거롭지도 않아 보였다.

타타탁.

"응?"

3층에서 가장 중앙에 있는 커다란 문을 지날 때 진운의 기감에 무언가 걸리는 게 있었다.

멈칫!

진운은 그대로 걸음을 멈추고 천천히 지금까지 본 문과는 확연히 다른, 화려하면서도 무언가 있어 보이는 문에 가까이 다가가자 기감에 확실하게 이질적인 기운을 느낄 수가 있었다.

"빙고~"

진운은 본능적으로 지금 기감에 느껴지는 이질적인 기운이 바로 마기라고 판단했다.

천천히 문에 손을 가져다 대자,

"열렸으니 들어오시게."

멈칫!

순간 방 안에서 들리는 목소리에 진운은 순간적으로 손잡이를 잡으려던 손길을 멈췄다.

그리고 천천히 손잡이를 잡지 않고 문에 손을 대고 밀자 조금 전 들린 말이 사실인 듯 문이 부드럽게 열렸다.

열린 문을 지나 방 안으로 들어가자 제티아가 보여준 화면에서 봤던 것과 똑같은 모습의 레오날드 자작이 소파에 앉은 채 두 눈을 똑바로 뜨고 진운을 바라보고 있었다.

"내가 올 것을 알고 있었군."

진운이 나직하게 살기를 실어서 말하자 레오날드 자작은 고개를 끄덕이면서,

"당연하지. 내가 봉인당했던 게티아의 기운이 느껴지는데 모를 리가 없지. 뭐, 그래 봐야 자네가 저택에 들어와서야 알았지만 말이야."

"칫."

방금 레오날드의 말에 진운은 짧게 침음성을 뱉었다.

레오날드가 게티아의 기운을 느꼈다면 다른 마신들도 게티아의 기운을 느낄 수가 있다는 말이 되니 말이다.

그리고 그 말은 진운이 마신을 봉인하는 데 가장 걸림돌이 될 게 뻔했다.

"후후훗, 그렇게 긴장하지 마시게."

레오날드는 오히려 진운에게 편안하게 하라고 하지만 그 말을 믿고 진운이 편안하게 마음을 놓는다면 그건 정말 바보 같은 짓이리라.

휘익!

진운은 레오날드가 그러거나 말거나 허공에 손을 뻗더니 조금 전 레이나에게 보여주었던 칼라드볼그를 다시 꺼내 들

었다.

"오~ 칼라드볼그군. 그걸 다시 보게 되다니, 참 감회가 새롭구만."

레오날드는 진운이 꺼낸 칼라드볼그를 보고도 경계하기는 커녕 오랜만에 친구를 보는 듯한 말투다.

하지만 그러거나 말거나 진운은 우선 확인할 것이 있기에 칼라드볼그를 꺼낸 채로 레오날드에게 물었다.

"당신, 레오날드라는 마신 본인인가, 아니면 레오날드라는 마신과 관련이 있는 건가?"

아직 진운은 마신의 봉인에 대한 정보가 극도로 부족하다 보니 자기가 추리한 것 중 확률이 높은 것에 대해 물었다.

"후후훗, 궁금한가 보군."

"당연하지."

"음, 궁금해하면 알려줘야 하나?"

마치 진운을 상대로 농담 따먹기 하는 듯한 레오날드 자작의 말투에 진운은 칼라드볼그를 고쳐 잡고는,

"대답보다 이게 너의 목을 베어버리는 것이 더 빠를 것 같지 않아?"

"이런, 이런. 난 솔로몬 왕의 72기둥 중 하나인데 칼라드볼그로 나를 소멸시키려고 하는 겐가? 솔로몬 왕의 후예치고는 너무 성격이 급하군그래."

"흥!"

지금 진운은 어떻게든 레오날드를 봉인하든 칼라드볼그로 소멸시키든 해서 지구로 돌아가야만 했다.

그런데 레오날드는 오히려 그런 진운의 사정을 잘 알고 있는 듯 능글맞게 말을 빙빙 돌리면서 농담 따먹기 하는 모습으로 진운의 심기를 건드리고 있다.

"후후훗, 뭐 어차피 난 도망갈 생각도 없으니 그 칼라드볼그는 잠시 치우는 게 어떤가?"

부드럽게 말하는 레오날드였지만 진운은 오히려 한 귀로 듣고 한 귀로 흘려 버렸다.

"만약에 나와 입장을 반대로 생각해서 너라면 내가 봉인 안 할 테니 게티아를 치우라면 치울 거야?"

진운의 어림도 없다는 말에 레오날드는 잠시 고민하는 듯하더니,

"하긴 내가 너무 무리한 말을 했군. 뭐, 그럼 칼라드볼그는 들고 있어도 상관없지만 잠깐 나와 이야기를 나눌 수는 있겠지?"

"내가 왜 당신과 대화를 해야 하지?"

상대는 마신이다.

진운은 확신했다.

지금 자신의 눈앞에 있는 레오날드는 분명히 마신 본인이

라는 것을 말이다.

느껴지는 이질적인 기운도 그렇고 말투와 느낌도 절대로 마신 본인임이 분명했다.

그리고 레메게톤에 쓰인 글에 따르면 마신은 사탕발림으로 인간의 욕망을 끌어내는 데 그 어떤 악마보다 탁월한 능력을 가지고 있다고 한다.

절대로 마신의 욕심에 넘어가서는 안 된다고 경고까지 한 것을 본 진운이 지금 레오날드의 말에 넘어가 대화하자는 말에 '네' 하면서 얌전히 따를 리가 없었다.

"나에게는 그런 게 통하지 않는다는 것을 알 텐데?"

특히나 게티아를 가지고 있는 진운은 마신들에게는 천적이나 마찬가지였다.

어차피 게티아가 있는 이상 마신이 진운의 마음을 흔들어 욕망을 끌어내 혼란스럽게 한다는 것 자체가 불가능했지만 진운은 그걸 모르고 있었다.

레메게톤에 쓰인 것 외에는 현재 마신과 봉인에 대한 정보가 너무나도 부족했기에 지금 극도로 레오날드를 경계하고 있기도 했다.

"후후훗, 설마 내가 자네가 만나는 첫 번째 마신인가?"

"맞아."

"오, 설마 했는데 내가 첫 번째 마신이라니…… 뭐, 나름 영광이군그래."

"이야기는 그만하고, 어떻게 할 거지? 얌전히 봉인될 텐가,
아니면……."

스윽~

진운이 칼라드볼그를 세워 들면서 다시 자세를 잡자,

"이런이런. 아까도 말했는데 믿지를 않는군. 애초에 내가
봉인될 생각이 없었다면 진작에 도망쳤을 거야. 안 그런가?"

"……."

확실히 진운이 오는 것을 미리 알고 기다리고 있던 레오날
드의 모습을 생각하면 틀린 말은 아니다.

하지만 처음 마신과 대면하는 진운은 레메게톤에 쓰인 것
외에는 믿을 만한 게 없기에 무조건 레오날드의 말은 무시하
면서 봉인될 건지 아니면 칼라드볼그에 소멸될 건지 물었다.

"쯧쯧, 솔로몬 왕의 후계자가 생각보다 너무 신중하구만."

레오날드는 진운의 일방적인 모습에 대화가 더 이상 불가
능하다고 판단했는지 앉아 있던 소파에서 일어서더니,

"솔로몬 왕의 후예여, 그대가 게티아의 주인인 이상 난 그
대의 명령에 따르겠습니다. 난 1급 악마이자 사바토를 주관
하는 권한을 가진 악마의 명예와 존재를 걸고 레오날드의 이
름으로 선언합니다."

진운이 별다른 행동을 하지 않아도 스스로 게티아에게 봉

인되겠다는 선언과 함께 검은 연기로 변하더니 진운의 손에 끼워진 게티아에 스며들어 버렸다.

레오날드가 게티아에 스며들고 난 뒤 72개였던 반지의 구멍이 71개로 줄어들었다.

"이게 끝인가?"

생각보다 너무나 허무하게 끝나 버린 마신의 봉인에 조금은 허탈한 진운이 칼라드볼그를 다시 아공간에 집어넣고 나자,

[뭔가 좀 더 스펙타클한 대결을 원한 모양이지?]

"응?"

갑자기 머릿속으로 들려오는 목소리에 진운이 순간 주변을 둘러보자,

[찾을 것 없네. 나 레오날드니까 말이야.]

레오날드라는 말에 진운은 자신의 손에 끼워 있는 반지를 쳐다봤다.

"설마……."

[왜? 게티아에 봉인되면서 게티아의 주인에게 복종하겠다는 존재의 유무를 걸고 선언했는데 아직도 믿지 못하다니 조금은 섭섭하군.]

"봉인된 마신과 대화가 가능한가 보군."

전혀 뜻밖이었다.

그저 마신을 봉인하는 용도로 생각했던 진운은 게티아가 생각 이상으로 대단한 물건으로 느껴지기 시작했다.

[스스로 봉인의 선언을 한 마신에 한해서만 가능한 것이니 너무 기대는 하지 말게나.]

레오날드는 진운이 조금 놀라는 것에 나름 조언을 한다고 했지만 진운은 봉인한 마신과 대화가 가능하다는 것에 약간 흥분 상태에 있었다.

"혹시… 본래 내가 살던 곳으로 돌아가는 방법도 알고 있나?"

[본래 그대가 살던 곳? 아, 지구 말이군. 당연히 가능하지.]

"정말?"

진운이 레오날드의 말에 바로 되묻자,

[마신의 봉인에 성공한 순간부터 자네가 봉인한 마신에게 명령을 내리면 얼마든지 차원의 벽을 넘을 수 있네. 원하는 때에 말이야.]

레오날드의 말을 들은 진운은 오히려 원하던 것 이상의 성과에 기분이 좋았다.

지금 레오날드의 말에 따라면 이제부터 진운이 원하는, 이곳 대륙과 지구를 오가는 것이 얼마든지 가능하다는 말이니 말이다.

그런데 진운은 그것보다 갑자기 궁금한 것이 생겨 레오날드에게 물었다.

"왜 순순히 봉인된 거지?"

당연히 마신이라면 봉인되는 게 싫어서 게티아를 벗어났다고 생각했기에 나름 전투를 예상했다.

그런데 레오날드는 마치 봉인되는 날을 기다리기라도 한 듯 자기 발로 봉인했으니 궁금하지 않을 수가 없는 것이다.

[지겨워서.]

"……?"

전혀 예상치 못한 레오날드의 말에 진운마저 황당해하자,

[못 믿는 눈치군. 뭐, 믿든 믿지 않든 이제는 부질없는 것 아닌가? 난 게티아 안에 봉인되어 있고, 자네와 충성의 계약까지 마쳤으니까 말야.]

"……"

확실히 지금 레오날드의 말이 틀린 게 없었다. 진운도 그냥 너무 순순히 스스로 게티아에 봉인된 레오날드의 생각이 궁금했을 뿐이니 말이다.

[그런데 지금 뒤에 있는 저 엘프는 동료인가?]

휙!

진운은 레오날드의 말에 급하게 고개를 돌려보니 레이나가 언제 왔는지 웃는 얼굴로 진운의 뒤에 서 있었다.

"……"

진운은 어색하게 웃으면서 서 있는 레이나의 모습에 한숨을 쉬더니 천천히 다가갔다.

"왜 왔어?"

—바벨의 탑에서 진 빚이 아직 남아서 갚으러 왔어.

"후후훗, 바보구나?"

진운은 레이나가 그대로 떠나 버려도 상관없었지만 그래도 다시 돌아와 준 것이 왠지 고맙기도 하고 반갑기도 했다.

그리고 레오날드로 인해 더는 억지로 레이나를 떨어뜨리지 않아도 되었으니 결과적으로 괜찮은 결말인 셈이다.

"레이나."

—응?

"좋은 소식이 하나 있어."

—좋은 소식? 마신 봉인에 성공했어?

당연히 진운이 혼자 이곳에 있는 것을 보고 마신의 봉인에 성공했을 거라고 예상한 레이나지만 고개를 끄덕이는 진운의 대답에 활짝 웃었다.

"마신을 봉인했지만 그것보다 더 좋은 소식이야."

—더 좋은 소식이라니?

"이제 내 마음대로 대륙과 지구를 오갈 수 있게 되었어."

—잘됐다.

진운의 말에 레이나는 진심으로 기뻐하면서 진운의 곁으

로 가더니 살며시 안아주면서 등을 토닥거려 주었다.

─그동안 힘들었을 거야. 그렇지?

이미 다른 차원에서 언제 되돌아갈지도 모르는 고향을 그리워하는 마음을 레이나는 잘 알고 있기에 지금 진운의 기쁜 마음이 절실히 와 닿았다.

그리고 그동안 레이나도 진운이 다시 지구로 돌아갈 수 없을지도 모른다는 생각에 나름 조심스럽기도 했다.

하지만 마신도 봉인하고 게티아를 이용해서 차원도 마음대로 오갈 수 있다는 진운의 말에 진심으로 레이나는 진운과 함께 기뻐할 수 있었다.

"고마워. 그리고 미안해. 그런 말 해서."

진운은 레오날드의 저택으로 오기 전 냉정하게 했던 말이 레이나에게 상처가 되었을 거라고 생각되어 사과했다.

─아니야. 진운의 말이 맞기도 해. 뭐, 그래 봐야 이미 지나간 이야기지만 말이야.

"하긴 그러네."

이제 더 이상 차원 이동 때문에 가슴 졸일 일은 없었다.

그렇게 레이나와 진운이 서로 사과하면서 훈훈한 시간을 보내고 있는 와중에,

[분위기상 끼어들기 좀 미안하긴 하지만 말이야.]

레오날드가 진운의 머릿속에서 말을 걸었다.

[어쩔 건가? 지금 다시 지구로 돌아갈 텐가?]

"네!"

진운은 1초의 고민도 없이 레오날드의 물음에 대답했다.

그러자 갑자기 전과 같이 게티아가 환하게 빛을 뿜어내면서 진운과 레이나가 서 있는 주변의 공간이 부서지기 시작했다.

[지금 이곳을 벗어나면 저 엘프는 이곳에 그냥 남아 있을 수 있다네. 데리고 갈 텐가?]

레오날드의 말을 들은 진운은 레이나를 보면서,

"레이나, 같이 갈래?"

라는 말과 함께 손을 내밀자 레이나가 웃으면서 진운의 손을 잡았다.

─아직 바벨의 탑에서 진운에게 진 빚을 갚지 못했으니까 함께 갈게.

"고마워."

지구로 돌아가 봐야 진운은 결국 혼자였다.

그동안 레이나와 함께했던 시간이 결코 적지 않았기에 이대로 혼자 돌아간다면 분명히 외로움을 느낄 것이다.

하지만 이제는 그런 걱정은 하지 않아도 된다.

진운이나 레이나 모두 가장 무거운 짐을 덜었으니까.

그들은 가뿐한 마음으로 차원 이동을 할 수가 있었다.

파사삭!!

진운과 레이나가 서로 손을 맞잡는 순간 주변의 공간이 완전히 부서져 내리면서 전에 보았던 시커먼 어둠이 가득한 공간으로 들어섰다.

스팟!!

그리고 역시나 다시 게티아의 빛이 어둠을 향해 강하게 때리듯 뿜어지자 어둠의 공간에 균열이 생기더니 익숙한 공간이 나타났다.

"가자!"

진운이 먼저 발을 떼어 게티아가 만든 균열 속으로 들어갔고, 레이나는 그런 진운에게 이끌려 균열 속으로 사라져 버렸다.

다시 눈을 떴을 때 익숙한 모습이 눈에 들어왔다.

"집으로 돌아왔어."

―그러네.

돌아온 집은 떠나기 전 그대로였다.

혹시나 하는 생각에 탁자에 있던 휴대폰을 열어본 진운이 고개를 갸웃거리자 레이나가 다가와,

―왜 그래?

"우리가 대륙에서 보낸 시간이 제법 되었지?"

당연했다.

마물의 숲에서 절망의 평야를 거처 포란트 왕국의 수도 페란에 도달하기까지 아무리 넉넉잡아도 한 달은 훨씬 넘는 시간을 그곳에서 보냈다.

그런데 진운은 조용히 휴대폰을 레이나에게 보여주면서,

"시간이 전혀 흐르지 않았어.

―뭐?

레이나도 진운의 말을 듣고 휴대폰에 찍혀 있는 날짜와 시간을 보고는 놀라워했다.

―정말 시간이 전혀 흐르지 않았네. 어떻게 이런 일이…….

앞으로 자주 대륙으로 갈 일이 있을지도 모르는데 서로 시간을 간섭하지 않는다면 그것만큼 편한 것도 없으니 진운으로서는 결코 나쁘지 않았다.

그리고 떠날 때와 전혀 다른 마음가짐이기에 돌아오자마자 진운은 주방으로 가면서 가스레인지에 불을 켰다.

"레이나."

―응?

"라면 먹을래?"

―라면?

바벨의 탑을 나와서 레이나가 싫어하는 음식이 있다면 단연 인스턴트 음식이었다. 거부감이 느껴진다면서 입에 대지도 않았던 것이다.

그중에서 최고는 역시나 라면이었다.

―응, 먹을래.

하지만 대륙에 다녀온 레이나는 왠지 라면이 먹어보고 싶어졌다.

강한 거부감으로 아직 입에도 대지 않은 음식이었으나, 지금은 왠지 먹어보고 싶었다.

진운은 곧바로 라면을 끓여 레이나 앞에 내놓았다.

―라면이라…….

"억지로 먹지 않아도 돼."

―아니야. 왠지 먹어보고 싶어.

벌써 그릇에 덜어서 먹고 있는 진운과 달리 레이나는 젓가락을 들고는 있지만 망설이는 듯했다.

하지만 그것도 잠시, 곧 라면을 덜어서 한 젓가락 먹어본 후 레이나는 웃으면서,

―맛있네.

라고 말했고, 그 말을 들은 진운은 당연하다는 듯,

"MSG를 무시하면 안 돼."

―MSG?

"응. 크크크큭, 사람들이 우스갯소리로 말하길 MSG가 '마싯정' 이라는 말의 약자라는 말도 있어."

―풋!

순간 레이나가 라면을 입에서 뿜을 뻔한 것을 겨우 참으면서 억지로 삼키고 나더니,

―푸하하하하하하, 정말 웃긴다. MSG가 마싯정의 약자라니…….

이제 언제 고향으로 돌아갈 수 있을까 하는 부담감이 사라졌기 때문일까?

냉기가 풀풀 풍기던 논리적인 레이나의 모습을 많이 사라져 있었다.

물론,

―정확하게 진운의 몫과 내 몫을 나눈 거야.

끓인 라면을 정확하게 눈대중만으로도 똑같은 양으로 나누는 것을 보면 완전히 사라지진 않은 듯했지만 말이다.

그렇게 라면을 먹고 나서 다시 소파에 앉은 진운을 가만히 보던 레이나가,

―진운, 이제 뭐할 거야?

"응? 우선… 복학해야지."

―정말?

"응. 그냥… 조바심 내지 않기로 했어. 어차피 지금 나 혼자 뛰어다녀도 결국 한계가 있으니까 우선은 천천히, 하지만 결코 포기하지 않을 거야."

대륙에서 보낸 시간이 진운에게 나름 도움이 되었는지 다시 돌아온 진운은 전처럼 복수에 조바심 내면서 안달하는 모습은 많이 사라져 있었다.

어차피 최무도까지 갑자기 죽어버린 마당에 진운에게 남아 있는 것은 없었으니 말이다.

그나마 유일한 희망이라면 바벨의 탑이 보유하고 있는 정보였지만 그것도 권한 제한이라는 커다란 벽에 막혀 있기에 현재 진운이 할 수 있는 것은 거의 없다시피 했다.

하지만 진운은 포기한 것이 아니었다.

아주 천천히, 느릴지도 모르지만 현재 진운은 천천히 아버지의 죽음에 다가기로 마음을 바꿨을 뿐이다.

누가 그랬던가?

군자의 복수는 10년이 지나도 결코 느리지 않다고 말이다.

진운은 이제 겨우 시작하는 한 걸음을 내딛고 있을 뿐이었다.

『바벨의 탑』 4권에 계속…

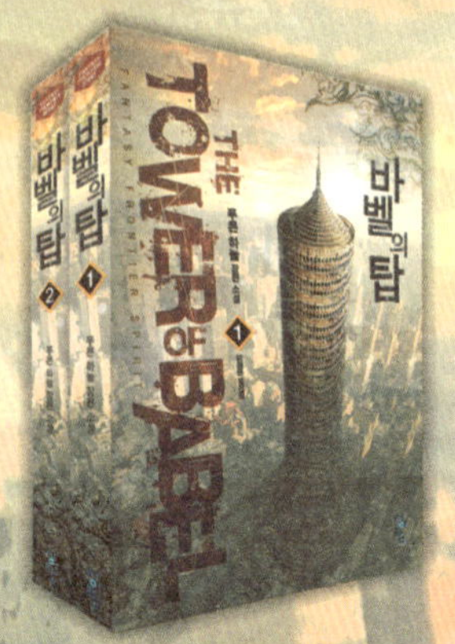

「현중 귀환록」 작가의 놀라운 귀환!
새시대를 열 강렬한 현대물이 등장하다!

극서의 사막을 헤메다 만난 버려진 기지.
그를 기다리던 것은… 차원을 넘는 게이트!

「바벨의 탑」

하늘에 닿기 위해 건설되었다가 신의 노여움을 사 무너진 바벨의 탑.
그 정체는 차원을 넘나드는 게이트였으니.

바벨의 탑의 유일한 주인이 된 진운!
그의 앞에 열리는 새로운 세상, 삶, 운명!

억압하는 모든 것을 부수고 나아가는
한 남자의 장렬한 이야기가 시작된다!

拳王降臨
권왕강림
FUSION FANTASTIC STORY
무명서생 장편 소설